うちのにゃんこは妖怪です

百鬼夜行とバケモノの子ども

高橋由太

ポプラ文庫

もくじ

うちのにゃんこは妖怪です

百鬼夜行とバケモノの子ども

終わりの始まり

凄腕の女拝み屋が、江戸城の奥に住み着いている。

しかも、その女の額には、鬼の角がある。

戦国時代の亡霊――〝髷斬《まげぎ》り〟はそんなふうに言った。大奥《おおおく》のバケモノ話は珍しくない。たいていは作り話だが、これは違った。唐土《もろこし》の仙猫《せんびょう》・ニャンコ丸が小さく頷いた。

「現れたようだのう」

十七歳の早乙女《さおとめ》みやびは問い返す。

「現れたって何が？」

「九一郎《くいちろう》だ」

ニャンコ丸はズバリと言い、さらに断言する。

「大奥にいるようだのう」

「で……でも、麗人《れいじん》だって……」

みやびの知るかぎり、「麗人」というのは美しい女性に対して使う言葉だ。

ニャンコ丸は、事もなげに返事をする。

「女に化けておるのだ。九一郎なら造作もないことだのう。軽く化粧をしただけで女に見えるであろう」

その言葉に、ぽん太とチビ烏《がらす》が大きく頷いた。

「うん。みやびなんかより、ずっとずっとずっとずっとずっと綺麗だからね」

「カァー」

ずっとずっとずっと……と言いすぎである。五回も言わなくてもいいだろうと思いもしたが、反論はできない。こいつらの言う通りだったからだ。

九一郎は化粧をしなくとも、女のように見える優しげな容姿の持ち主だ。女形の役者になっても人気が出るだろう。

一方、みやびはいわゆる男顔だった。醜女ではないにせよ、「麗人」と呼ばれる風情ではない。むしろ男装が似合う顔立ちだ。

まあ、そんなことはどうでもいい。自分の容姿をあれこれ考えている場合ではなかった。九一郎の居場所が分かったのだ。

「本当に九一郎さまなの？」

「わしの見立てに間違いはあるまい。九一郎は、大奥におる」

ニャンコ丸が、言葉を重ねた。こいつは適当なことばかり言っていて信用できないところも多いけれど、今回だけは本当のことを言っているように思えた。

神名《かみな》九一郎がいなくなってから、すでに一月以上が経過している。一緒に暮らしていた廃神社から姿を消してから、一度も顔を見ていない。文字通り消えてしまった。

必死にさがしたけれど、手がかりさえ見つからなかった。腕利きの御用聞きに頼んでも、消息を掴めずにいた。それが、突然、居場所が分かったのだ。

「九一郎さまが大奥に……」

浪人の娘であるみやびには、縁のない場所だった。そんなところに九一郎がいるなんて、想像もしなかった。大奥にいるのなら、いくら町場をさがしても見つからないのは当然だ。

「でも、どうして大奥に？」

みやびは疑問を口にした。大奥は江戸城内にあって、将軍の御台所《みだいどころ》（正妻）や側室が居住する場所だ。将軍を除き、原則として男子禁制であった。普通であれば、そんなところに入ることはできない。

「鬼をさがしに行ったのだろうな」

ニャンコ丸の言葉が、みやびの胸を抉《えぐ》った。不思議に思っていたことへの答えを突き出された。

「おぬし、自分の両親を殺した鬼の退治を頼んだであろう?」

「う……うん」

その通りだった。泣きながら、九一郎に頼んだ。そのときに口にした自分の言葉が、鮮やかによみがえった。

「鬼を……。ち……父と母を殺した鬼を退治してください。お……お金は、いくらでも払います……。今はないけど、ちゃんと働いて払いますから……」

今でも両親のことを思うと、身体が震えて涙があふれそうになる。悲しみに打ちのめされそうになる。

みやびは、両親を鬼に殺されていた。その敵を討ってくれと九一郎に頼んだ。無茶な頼みだとは思わなかった。

彼は、凄腕の拝み屋だ。いくつもの妖がらみの事件を解決している。九一郎なら鬼を退治してくれると考えたのだ。


「拙者に任せるでござる」


これが、九一郎の返事だった。鬼を退治してくれると約束してくれた。その約束を果たすため、廃神社からいなくなったとニャンコ丸は言うのだ。

「大奥に鬼がいるの?」

みやびは問うた。父や母を殺した悪鬼が、江戸城にいるのかと質問した。

唐土の仙猫は、躊躇《ためら》うことなく頷いた。

「うむ。おるな」

「ま、まさか」

大奥――江戸城は、幕府そのものと言っていい。そこに鬼がいるなんて、とんでもないことだ。

「もっと、とんでもないことが起こるのう。いや、すでに起こっておるというべきかのう」

独り言を呟くように、ニャンコ丸は言った。いつもと変わらない調子なのに、不吉な予言のように聞こえた。

†

その数日後、みやびは大奥で殺人事件が起こっていることを知る。

殺されたのは、将軍の乳母であり、大奥の御年寄《おとしより》筆頭である松島局《まつしまのつぼね》だった。

九一郎の正体を知っていた女が——鬼ではないかと思われていた女が、殺されてしまったのであった。

しかも、それは事件の始まりにすぎなかった。

第一話　平蔵ふたたび

江戸の町には、英雄がいる。四百石の旗本でありながら、悪と戦う男が庶民の人気を集めていた。

火付盗賊改長官・長谷川宣以《はせがわのぶため》。

その他にも、いろいろなふうに呼ばれていた。例えば町人たちからは、こう呼ばれている。

「本所《ほんじょ》の平蔵《へいぞう》さま」

そして、江戸の悪人たちには、

「鬼」

と、恐れられている。もちろん本物の鬼ではない。鬼のように恐ろしい男という意味だ。

もっと言えば、〝宣以〟よりも、通称である〝平蔵〟という名前で呼ばれることが多い。

若いころ、本所をねじろに遊びまわっていたことから、〝銕三郎《てつさぶろう》〟という幼名のまま、

「本所の銕」

と呼ぶ連中もあった。

火付盗賊改は、江戸市中の放火・博奕の取締りや盗賊の捜査や検挙を行う。平蔵が長官に着任してから、

「悪党どもが、すっかり静かになりやがったな」

と、もっぱらの評判である。

実際、平蔵を長官とする火付盗賊改の峻厳なる取締りにより、江戸の治安は保たれていた。長谷川平蔵の名前を聞いただけで震え上がる盗賊も珍しくはないという。

この日、平蔵は、眉間にしわを寄せていた。苛々と煙管を使いながら、叩きつけるように言葉を発した。

「解せぬ！」

部屋には誰もいない。人払いをして事件のことを考えるのは、彼の癖だ。平蔵は鋭い勘《かん》を持っていて、平凡な事件なら、あっという間に見通しを立ててしまう。

「長官の勘働き」

と、配下たちは呼び、あたかも千里眼の持ち主を見るように、平蔵の見立てを信じた。

だが今回だけは、自慢の勘働きが役に立たなかった。見事に外れた。

大奥で女中・お竹《たけ》が行方不明になった。お竹は、将軍の寵愛《ちようあい》を受けていた。それが、煙のように消えてしまった。

「自分の意思で消えたか、もしくは殺されたのか」

前者だとすれば、お竹は怪しい。人間でないものの気配さえ感じる。

しかし、平蔵は後者だと考えていた。そして、お竹を殺した下手人も分かっているつもりでいた。

「あの女のしわざではなかったのか」

と、平蔵は悔しげに呟いた。あの女とは、大奥の権力者のことだ。いや、権力者だった。

松島局。

将軍さえもこの女に頭が上がらない。そのくせ、いつ生まれたかも、どこからやって来たのかも明らかにされていない。親の名前さえ不明だった。身元のしっかりした者を好む大奥にあって、異質な存在だった。

年齢不詳で、人ではないという噂さえある。将軍の乳母を務めたのだから、どう少なく見積もっても四十歳を超えているはずだが、いまだに二十歳そこそこの容姿をしている。

一度だけ、その姿を見たことがあった。平蔵は唸った。

「女というやつはバケモノばかりだが、その中でも、あやつはとびきりだ。人とは思えぬ」

容姿だけではない。お竹が行方不明になった事件が起こったとき、松島局は、役人の取調べに意味ありげな返事をしていたという。

鬼に食われたのであろう。

その言葉を聞いて、平蔵は直感した。

「こやつ、鬼だな」

これこそ勘働きにすぎない。だが、松島局が鬼だと確信したのだった。

鬼が、大奥に棲んでいる。

人を食らう鬼がいる。

その鬼は、徳川将軍をもしのぐ権力者となり、「松島局」と名乗っている。


しかし、証拠は何もなかった。町場の破落戸《ごろつき》が相手なら、有無を言わせず引っ張ってくるところだが、将軍の乳母では手の出しようがない。大奥に火付盗賊改の力は及ばず、取り調べることさえ難しかった。

「大奥に潜入するしかあるまいな」

平蔵は独りごちる。火付盗賊改にとって、潜入捜査はお手のものだ。賭場や盗人宿、ときには悪党の仲間に潜り込むこともあった。密偵を使う場合が多いが、平蔵自身が浪人に扮して盗賊の一味に加わるのも珍しくなかった。

大奥への潜入となると、女密偵を使わなければならないが、

「鬼が相手では、さすがに分が悪い」

平蔵は一刀流の達人であったけれど、鬼に勝てるとは思っていない。相手が兇悪

犯であれば後《おく》れは取らぬが、化生《けしょう》の者と戦う自信はなかった。ましてや配下の女密偵では相手にすらならぬだろう。

「あの松島局《つぼね》ですら殺されたのだからな」

人を選ぶ必要があった。病気や怪我には医者、火事には火消しと領分がある。相手が妖ならば、坊主か拝み屋の出番だ。

そこで思い浮かんだのが、「狐の親分」と呼ばれる御用聞きだ。秀次《ひでじ》という名の深川一帯を縄張りにする凄腕の岡っ引きがいて、銀狐——妖狐を手足のように使うというのだ。

これも長谷川平蔵の勘働きなのか、松島局が殺される前につなぎをつけていた。

「まずは、会ってみるとするか」

と、秀次を役宅に呼んだ。律儀で信頼できそうな男だった。平蔵は、「おれに力を貸しちゃくれねえか。この通りだ」と頭を下げた。

本来であれば、火付盗賊改方の長官が町人に頭を下げるなどあり得ないことだが、平蔵にこだわりはなかった。また、秀次の印象もよかった。軽く言葉を交わしただけで、信用できる男だと分かった。

「町奉行所のへっぽこ同心の子分にしておくには惜しい男だ」

平蔵は言ったものだ。秀次を使っている榎田《えだ》同心のことを調べてあったのだ。役人でありながら金貸しをやっている不埒な男であった。あれが上役では、秀次も苦労しているだろう。

そして、平蔵が興味を惹かれたのは、狐の親分だけではなかった。秀次の噂を聞いているうちに、名前の挙がった女がいた。

早乙女みやび。

浪人の娘だ。聞けば、父親が深川で剣術道場を開いていたという。そこまでなら珍しいことではない。腕自慢の浪人など掃いて捨てるほどもいる。

ただ、頻繁に妖絡みの事件に巻き込まれているようだが、

(妖を引き寄せる女か)

そう思っただけだった。不思議なものに好かれる人間は存在している。狐憑きや幽霊に取り憑かれやすい体質の者もいるようだ。

だが、調べを進めるうちに、平蔵は瞠目することになる。驚くべき情報を目にしたのだった。

「早乙女無刀流。〝鬼斬り〟の子孫か……」

徳川家に仕える者なら誰もが知っている名前だ。

かつて鬼を斬ることを生業《なりわい》としていた一族があった。伝説の剣豪で、徳川家康公の影武者を務めたこともあると言われている。

みやびは、その子孫であった。伝説通り、仙猫を従えているようだ。

「親を殺されているのか」

犯人は捕まっておらず、そもそも人間のしわざではないようだ。事件の記録によると、獣に食い殺されたような傷があったという。

「今回の事件にそっくりだな」

平蔵は、顔をしかめる。つい数刻前に大奥で見た死体を思い出していたのだ。それは、松島局の惨殺死体であった。

「おれの見立てが間違ってたようだな」

ふたたび渋い声が出た。鬼だと疑っていた女が、殺されてしまったのだ。しかも、尋常な殺され方ではなかった。

首には、抉り取ったような粗い傷痕が残っていて、爪で引き裂かれたような創傷が身体に見られた。獣のしわざに見えないこともないが、ここまで凶暴な動物が大奥に入り込んできたとは考えにくい。そして事件は、殺しだけではなかった。大火事にはならなかったものの、松島局の部屋は燃やされていた。松島局の遺留品は、何一つ残っていない。

面妖な話だった。殺され方も不思議だし、延焼せず松島局の部屋だけが完全に燃えたのだ。

当然のように、この話は内密にされた。将軍の乳母にして大奥の支配者が殺された。それも死に方が尋常ではない。公表できるはずがなかった。江戸城の役人でさえ知る者は少ないという。

こうして、松島局の遺体は密かに葬られたが、このままにしておける話ではなかった。徳川家の沽券にかかわる事件だし、大奥での安全も確保できなくなってしまう。

将軍直々に、平蔵に命令が下った。

「是が非でも、松島局を殺した犯人を片付けろ」

捕まえろではなく、「片付けろ」と将軍は言った。

「犯人が誰だろうと構わぬ！　消せ！　この世の空気を吸わせておくでないぞ！」

上意討ちというよりは、狩りを命じられたようなものだ。ただし、相手は獣ではない。調べれば調べるほど、魔物のしわざとしか思えなくなった。

（火付盗賊改方の手に負える事件ではあるまい）

将軍には言わなかったけれど、平蔵はそう思った。おのれや配下の力を知っていた。相手が人間ならば、兇悪犯だろうと引けは取らない。だが、今回の事件は勝手が違いすぎる。

そこで秀次を引き入れたのだが、どうにも嫌な予感がした。秀次自身も、はっきりと言っていた。

「あっしの力じゃあ、やばい妖には勝てませんぜ」

大奥で事件を起こしたのは、間違いなくやばい何かだ。もっと味方が欲しかった。化生のものを倒す手練れが必要だった。

「鬼斬りの子孫に登場願うとするか」

みやびに白羽の矢が立った。やばい何かの正体が鬼だと気づいていたのかもしれない。

†

その日、秀次が廃神社にやって来た。挨拶もそこそこに切り出した。

「鬼かどうかは分からねえが、とんでもねえバケモノが大奥にいる」

また、大奥の話だ。みやびは聞き返す。

「バケモノ？」

「ああ、長谷川平蔵さまがそうおっしゃっていた。奥女中が殺されたり、煙のように消えちまったりしているらしいぜ」

「事件が起きてるの？」

「そうだ。調べても下手人どころか手がかりも出てこねえ。おれも長谷川さまも同じ意見だが、こいつは人間のしわざじゃねえ」

火付盗賊改の長官がそう言っている以上、眉唾物の怪談ではあるまい。大奥で何かが起こっているのだ。

秀次は内情に通じている。それもそのはずで、秀次は火付盗賊改方に誘われていた。

ニャンコ丸が秀次に聞く。

「おぬし、長谷川平蔵の下で働くつもりか？」

「正式にそうするかは、まだ決めてねえ。だが、今回の一件は手伝うつもりだ」

返事に迷いがなかった。大奥の事件に興味を持っているのだ。九一郎がかかわっているという予感もあるのだろう。

また、みやびの両親のことを気にかけてくれているのかもしれない。秀次は、みやびの父親の剣術道場に通っていたことがある。みやびの両親が殺されたときも、誰よりも心を痛めていた。敵討ちをするつもりでいるような気がした。

鯔背《いなせ》な秀次は、余計なことはしゃべらない。恩着せがましいことは一つも言わず、ふいに口調を改めた。

「みやび、おめえに話がある」

「わたしに？」

「そうだ」

秀次は顎を引き、話とやらを切り出した。

「おかしらが、大奥の事件の捜査を手伝って欲しいそうだ」

「おかしら？」

一瞬、誰のことか分からなかった。話の流れから分かりそうなものだが、やっぱり分からなかった。

「火付盗賊改方長官の長谷川平蔵さまだよ。おめえの手を借りてえそうだ」

と、秀次が言い換えた。

「えっ!?　は、長谷川さまがわたしをっ!?」

　これには驚いた。みやびにとっても、長谷川平蔵は雲の上の存在だ。

「猫の手も借りたいというところかのう」

　ニャンコ丸が微妙な発言をしたが、秀次は突っ込まずに頷き、ふざけた顔の仙猫にも声をかけた。

「そうだ。ニャンコ丸、おめえのことも当てにしてる。娘と猫の手を借りてえんだ」

　鬼だと思われていた松島局が殺された。平蔵にとっても予想外の出来事だったようだ。正体の分からない鬼をさがしだし、そして狩らなければならない。天下の平蔵をもってしても手に余る仕事なのだろう。

「どうだ、みやび。手を貸してくれねえか」

　ふたたび秀次がこっちを見た。真面目な顔をしていた。

　長谷川平蔵の手下には、女の密偵がいることは噂で聞いて知っていた。しかし、それは盗賊上がりの女で、いわゆる『普通の女』ではない。そう言うと、秀次が苦笑いを浮かべた。

「おめえだって普通じゃねえだろ。妖と暮らし、妖がらみの事件をいくつも解決しているじゃねえか」

「で……でも……」

みやびは躊躇った。妖と親《ちか》しいのは事実だけれど、みやびは町娘同然に育った浪人の娘だ。剣術ができるわけでも、江戸の暗黒街に詳しいわけでもない。そもそも妖がらみの事件を解決したのも、みやびではない。拝み屋は、九一郎である。天下の長谷川平蔵を手伝える自信はなかった。躊躇うのが当然だ。

「引き受けたほうがよかろう」

そう言ったのは、ニャンコ丸だ。みやびの背中を押すように続けた。

「大奥に入れるぞ」

九一郎に会えるかもしれないということだ。さらに背中を押す。

「猫の手を貸すのは、やぶさかではないぞ」

「狸の手も貸してあげるよ」

「カァー」

ぽん太とチビ烏までが言い出した。ちなみに、チビ烏は「烏の手も貸してあげるよ」と言っているようだ。

「親の敵を討てるかもしれないよ」

「カァー」

そうだった。大奥に行けば、九一郎だけではなく、両親を殺した鬼がいるかもしれないのだ。

浪人といえども、武士の娘だ。親を殺されたら敵を討つ。それが、子どもの務めだ。九一郎に鬼退治を頼みはしたけれど、任せっぱなしにはできない。でも、自分にできるだろうか？

そんなことを思っていると、ふいに割り込んできた声があった。

「つまり、わたしの出番ってわけね」

そう言ったのは、なぜか一緒にいた喜十郎《きじゅうろう》である。すっかり、みやびたちの仲間のような顔をして、黙って話を聞いていた。

毒蛇《どくへび》の喜十郎。

そろそろ四十になるだろうか。深川一帯を縄張りにする、破落戸の親玉のような男だった。

深川どころか江戸中に名の知れた悪党のくせに、濃い化粧をし、微妙な女言葉を使う。ふざけた見かけによらず腕っ節は強く、相手が侍だろうと後れは取らない。

だが少し前に、ぽん太と戦った。

「おいらの傘に入らない？」

傘差し狸であるぽん太は、傘を差すことによって地獄を召喚する。喜十郎は、ぽん太にボコボコにされた。血の池地獄に落とされて、どろりとした朱色の液体に目や口を塞がれ、

（死んだほうがましよ！）

と、心の底から震え上がるような目に遭っている。

それに懲りたのか微妙に改心し、これまたなぜか、ニャンコ丸の子分になったのだった。みやびにも懐いてしまったらしく、年上のくせに弟分を気取っている。

「姉御《あねご》もそう思うでしょ？」

問われたが、正直、喜十郎の相手をするのは面倒くさい。みやびだけでなく、ニャンコ丸やぽん太、チビ鳥までもがそう思っているらしく口を開かない。秀次も聞かなかったような顔をしている。

すると、喜十郎が催促するように子分の辰吉《たつきち》を見た。

（質問しなさいよ!!）

と、目で脅し付けている。

辰吉は、喜十郎に借金がある。生活の世話にもなっている。圧を感じる喜十郎の視線に逆らえなかったのだろう。渋々といった風情を隠しもせずに聞いた。

「何の出番ですか？」

「潜入捜査よ」

喜十郎は、待ってましたとばかりに答えた。やっぱり面倒くさいことを言い出す流れだ。辰吉が棒読みで問うように言う。

「潜入捜査って、まさか――」

「そのま・さ・か」

気色悪く頷き、

「わたしってば、大奥女中になろうと思うのよ。長谷川さまが口を利いてくだされば、余裕でなれると思うわ。ねえ、狐の親分さん、上さまに見初められたら、どうしましょう？」

上機嫌で寝言を言う喜十郎を、秀次はまるっと無視した。

「みやび、手伝うかどうかを考えておいてくれ。三日後、また来る」

言うだけ言って、帰って行ったのだった。秀次はさすがだが、喜十郎も負けてはいなかった。無視されてめげるどころか、さらに張り切りだした。

「わたしも用意しなきゃ」

「用意って……」

「お着物を買ったり、お化粧品をそろえるのよ！　行くわよ、辰吉さん！」

「お……おれも行くんですかい？」

「嫌なの？」

「……とんでもねえ」

喜十郎と辰吉も去っていった。本気で大奥に入り込むつもりなのだろうか？　考えたくなかった。想像したくもなかった。

しばらくの沈黙の後、ニャンコ丸たちが口を開いた。

「わしらも休むとするかのう」

「うん。ちょっと疲れた」

「カァー」

みやびも賛成だった。いろいろな意味で疲れた。早く眠りたかった。

「三日後のことは、三日後に考えればいいのう」

ニャンコ丸は言った。だが、それはできなかった。この二日後に、大事件が起こったのであった。

第二話　廃神社炎上

みやびは武士の娘――しかも、剣術道場主の娘ではあったけれど、まともに真剣を使ったことはなかった。懐剣を持ってはいるが、それにしたって構え方を知っている程度である。

死んでしまった父に、剣術をきちんと教えてもらおうとしたことがあったが、やんわりと断られた。

こんな台詞を言われた記憶があった。

「習わずとも、いざとなれば〝鬼斬り〟の血が教えてくれる」

そのいざがやって来たのかもしれない。このとき、みやびは二尺五寸を超える大太刀を構えていた。

目の前には、美貌の拝み屋――神名九一郎が立っている。廃神社から出ていったきり、消息を摑めなかった男がそこにいた。

（九一郎さま！）

みやびは、心の中で叫んだ。駆け寄りたかったけれど、九一郎の名前を呼ぶことさえできなかった。それどころか勝手に口が動き、彼を罵った。

「鬼め！　退治してくれる！」

この自分の台詞で気づいた。九一郎を斬るつもりなのだ、と。みやびは、九一郎を憎んでいた。殺すつもりで刀を向けている。

――ありえない。

――絶対にありえない。

みやびは、九一郎のことが好きだった。気持ちを伝えてはいないけれど、彼を愛している。

「鬼を斬るのが、わたしの役目」

ふたたび勝手に口が動いた。しかも、みやびの構えには隙がなかった。他人事のように、自分を眺める。ろくに刀を握ったことのない女の構えではない。

また、目の前にいる九一郎も、まるで別人だった。一目で女物と分かる着物を身にまとい、妖艶に笑っている。

女のような美貌はそのままだが、邪悪な凄みが加わっていた。みやびの知っている優しい九一郎ではない。話し方まで変わっていた。

「斬るだと？　面白い。やってみろ」

鼻で嗤うように言い、一歩二歩と近づいてきた。

「女ごときが、おれを斬れるはずがない。八つ裂きにしてくれよう」

変わっていたのは、話し方だけではなかった。目玉が赤かった。黒かったはずの九一郎の目が、血のように赤くなっていた。禍々《まがまが》しいほどに赤い。

古来、鬼の目は赤いと言われている。人に化けていても、目の色で正体が分かることがあるくらいだ。それに加えて、額から角が出ていた。般若の面を思わせるような角だ。これもまた鬼の証拠だった。

もはや九一郎が鬼であることは疑いようがない。鬼であることを隠して、自分と暮らしていたのだ。

（あんまりだ）

目の前が暗くなった。そして、改めて決心した。この男を斬る、と。鬼ならば成敗しなければならない。

「この世から消えろっ!!」

満身の力を込めて、みやびは刀を走らせた。愛しい九一郎に向かって、刀を振り下ろした。女の身に二尺五寸を超える大太刀は重い。まともに持つことさえできないはずなのに、みやびの振るった刀は九一郎を捉えていた。

早乙女無刀流極意、角《つの》斬り!!

そんな声が聞こえた。みやびが叫んだような気もするし、死んでしまった父の声だったような気もする。

ざくり——

——と、手応えがあった。

みやびの刃が、九一郎の首を斬った音だ。完璧な一撃だった。胴体から首が離れ、コロリと音を立てて地べたに転がった。それから一瞬遅れて、九一郎の身体が沈んだ。

(鬼を倒した!)

そう思おうとした。快哉を叫ぼうとした。親の敵を討ったと思おうとした。だけど、思えなかった。

「九一郎さまを殺してしまった……」

呟いた言葉は悲しかった。鬼を斬った剣術使いは、もうどこにもいなかった。倒れている九一郎の姿が歪んで見えた。涙があふれた。

みやびは、泣いていた。自分で殺したくせに——九一郎を斬ったくせに泣いている。大粒の涙を流していた。

「どうして……？」

掠れた声で聞いた。自分は恋をしただけなのに、どうして、こんなことになったのだろう？

（これは夢だ）

悪い夢を見ているんだと思いたかったが、しっかりと手に感触が残っている。人を斬った感触が、そこにあった。九一郎の死体も、目の前にある。

「嫌よ……。こんなの嫌っ！」

みやびは刀を放り投げて、地べたにくずおれた。額を擦りつけ、土下座するように泣いた。

「ごめんなさい、ごめんなさい、ごめんなさい……」

殺してしまった九一郎に謝った。しばらくの間、そんなふうに泣いていた。すると、ふいに話しかけられた。優しい声が聞こえた。

「大丈夫でござるか？」

それは、九一郎の優しい声だった。空耳ではない。ちゃんと聞こえた。たった今、斬り殺したはずの九一郎の声が聞こえた。

不思議なことだとは思わなかった。人は信じたいことを信じる。みやびは、九一郎が生きていると信じた。また、彼と一緒に暮らせるとも思った。

「九一郎さま……」

その名前を口にしながら、みやびは顔を上げた。そして、それを見てしまった。見てはならないものが、すぐそこにあった。

九一郎はいた。しかし、胴体にくっついていなかった。

みやびに斬られたままの姿――生首で、こっちを見ていた。地べたを赤く染めながら、微笑んでいる。しかも、一緒に暮らしていたころの顔だった。角もなければ、目玉も赤くなかった。

「……鬼じゃなかったの？」

「さようでござる。拙者、ただの素浪人《すろうにん》でござるよ。みやびどの、ひどいでござる」

生首の九一郎が悲しげに言った。角や赤い眼球は、みやびの見間違いだったようだ。

――ごめんなさい。

ふたたび謝ろうとしたが、今度は言葉が出て来なくなった。突然、息苦しくて、呼吸が上手くできなくなった。煙を吸ったような感覚に襲われていた。

いや違う。実際に煙が立ち込めていた。九一郎の生首が燃え始めていた。息苦しくなったのは、きっとこのせいだ――。

「く……九一郎さま……」

名前を呼び、とりあえず生首に歩み寄ろうとしたときだ。人でないものの、声が聞こえた。

みやび、起きぬかっ!!

早く目を覚ませっ!!

可愛げのない声である。誰の声かと考えるまでもない。ニャンコ丸の声だ。

「目を覚ませって――」

「寝ぼけておる場合ではないっ!!　うつけ者がっ!!」

肉球で額をペシペシ叩かれた。痛くはないけれど、かなり鬱陶しい。だいたい、誰がうつけ者だ？

「邪魔くさいっ!!」

ニャンコ丸の前足を振り払った。勢いあまって顔に当たったらしく、ニャンコ丸の身体が飛んでいった。むぎゅと音がしたのは、どこかに激突したせいだろう。

みやびは覚醒した。九一郎の生首は、どこにもなかった。やっぱり夢だった。悪夢を見ていたのだ。

「よかった……」

思わず呟いた言葉は、全力で否定された。

「よくないっ！　断じて、よくないっ！」

みやびに振り払われて飛んでいったはずのニャンコ丸が、起き上がり小法師《こぼし》のように復活してきた。相変わらずの丈夫さだ。

「絶対によくないのうっ!!」

ニャンコ丸が連呼した。やけに慌てている。朝ごはんの催促だろうかと思いかけたが、さすがに違和感に気づいた。

「煙いような気が……」

夢から覚めたはずなのに、まだ息苦しかった。しかも、やけに暑い。正確には、熱かった。

「いつまで寝ぼけておるかっ！　火事だっ！　神社が燃えておるっ！　さっさと逃げぬと死ぬぞっ！」

今度は、頬を肉球で叩かれた。びんたを食らわすような勢いの張り手だった。さっきと違って、けっこう痛い。

だが、痛がっている場合ではなかった。改めて目を見開くと、もうもうとした煙が立ち込めている。控え目に言って、焼け死ぬ寸前であった。

「火事？　って、火事っ!?　火事っ!!」

みやびは叫んで、神社の外に飛び出した。

「わしを置いていくでないっ！」

ニャンコ丸が文句を言いながら、追いかけてきた。

廃神社は、深川十万坪《ふかがわじゅうまんつぼ》の外れにある。店はおろか、百姓家さえも見当たらないような場所だった。何を考えて、こんなところに神社を造ったのかは謎である。店がないのだから当然だが、人が通りかかることは滅多にない。

その廃神社が燃えていた。

盛大に燃えている。

六月なのに、あまり雨が降らずに空気が乾いているせいもあっただろう。逃げ出せたことが奇跡のような烈しい火事になっていた。神社の前に立てかけてあった二つの看板も炎に包まれている。

よろずあやかしごと相談つかまつり候
早乙女無刀流

九一郎の拝み屋の看板と、みやびの両親の道場の看板が燃えていた。もはや消しても手遅れだろう。また、その気力もなかった。

場所が場所だけに、火消しが来ることもない気がする。町場や他の建物に延焼する可能性がない火事は、たいてい放置される。その証拠に半鐘は鳴っていない。

それにしても、燃え方が激しすぎる。いくら空気が乾いていたとしても、燃え方が尋常ではない。そもそも発火するようなものはなかったはずだ。火の元には注意していた。

「どうして火事なんかに……」

原因が分からなかった。立ち尽くした格好で呆然と呟くと、燃え盛る廃神社から逃げ出してきたばかりのニャンコ丸に叱られた。

「ぼんやりするなっ！」

食っちゃ寝を繰り返し、のんべんだらりと暮らしている駄猫に不似合いな鋭い声だった。

「ぼんやりするなって……」

ニャンコ丸に言葉を返した。燃え盛る廃神社から逃げることができた以上、他にやることはなかった。みやびでは火を消すことはできない。ぼんやり見ているしかなかろう。

そう思ったのは間違いだった。

「まだ逃げ切っておらぬぞ」

ニャンコ丸が釘を刺すように言った。見れば、仙猫の背中の毛が逆立っていた。

「逃げ切ってない？」

「空を見るがいい」

言われるがまま首を上げると、ぞわり、と鳥肌が立った。上空に何かがいた。

「……何、あれ？」

十万坪の空にあったのは、女の着物だった。血のように赤い小袖《こそで》が、蝶のように夜空を舞っていた。しかも、ただの小袖ではなかった。

着物から女の手が生えているのだから、誰がどう見たって妖や幽霊の類いだ。やがて、ニャンコ丸がその名前を口にした。

「小袖の手だのう」

聞いたことのある名前だった。

すべて女ははかなき衣服調度に心をとどめて、なき跡の小袖より手の出しをまのあたり見し人ありと云。

鳥山石燕《とりやませきえん》の『今昔百鬼拾遺』に小袖から細長い手が伸びている絵とともに、そんな説明が書かれている。

ちなみに、小袖とは袖下の短い着物のことだ。もともとは貴族が装束の下に着る白絹の下着であったが、徐々に上着として着られるようになり、江戸の現在では、階層・男女を問わず広く用いられている。小袖の手は、その小袖に女の執念が宿った妖だとされている。

妖に興味のない者でも、この妖のことを知っていた。明暦三年（一六五七）に江戸で発生した大火災の原因だという噂があるせいだろう。怪談のようでもあるが、さまざまな書物で取り上げられていた。

明暦三年（一六五七）一月一八日、本郷丸山本妙寺から出火、二日間にわたって江戸城をはじめとする市中の大部分を焼いた大火。災害復興のため幕府貯蔵の金銀は底をつき、荻原重秀の貨幣改悪の遠因をなした。施餓鬼《せがき》に焼いた振袖が空に舞い上がってその原因となったといわれ、振袖火事と俗称された。焼失町数八〇〇町余。死者一〇万人余。本所回向院はこの時の死者をまつったもの。

（『日本国語大辞典』より）

江戸三大大火の筆頭として挙げられる大災害であり、のちの世で世界三大大火の一つとして数えられることもある火災であった。

たくさんの人間の命を奪ったこの大火事は、

「振袖火事」

とも呼ばれ、恋煩いの末に死んだ娘の振袖が原因であるというのだ。小袖を供養のために焼いたところ、命あるもののように飛び上がり、江戸の町に火を付けて回ったのであった。

「あやつのしわざだ」

ニャンコ丸が断言した。みやびの暮らす廃神社に火を付けたのは、十万坪の夜空を舞っている小袖の手であるらしい。

「厄介なものが出てきたのう。放っておけば、江戸中に火を付けかねんな」

「そんな……」

みやびは絶句する。この真夜中に火を付けられたら、大災害になりかねない。江戸の町は壊滅し、多くの死者が出るだろう。

「猫大人《マオ・ターレン》の町を燃やそうとは、いい度胸をしておるのう」

ニャンコ丸がぼそりと言った。いつの間にか、江戸を自分のものにしている。突っ込む間もなく、独り言のように続けた。

「あやつを放っておけば、団子屋も燃やされてしまうのう」

そして、カッと目を見開いた。

「……許せぬ！　それだけは許せぬ！」

許せないのはそれだけなのか。団子屋が燃えなければ、それでいいのか。

「そろそろ、わしも本気を出したほうがよいようだのう」

何やら寝言を言い出した。前にこの台詞を言ったときは、団子を十も食べて腹を壊した。

「燃えてしまったら、来月から出る『しそ入りみたらし団子』を食べられなくなってしまうではないかっ！」

やっぱり、こいつには期待できない。ちなみに、ニャンコ丸は小袖の手に砂でもぶつけるつもりなのか、前足で地べたをまさぐっていた。

「あんた、本物のバカなの……？」

みやびは呆れる。砂をかけて火を消すのは悪い方法ではないが、妖そのものに砂が効くかは謎である。

だいたい小袖の手は空高く舞い上がっていて、鉄砲を撃っても届きそうにない場所にいるのだから、砂を投げても届かないだろう。

「誰がバカだっ!?　砂など投げぬわっ!?　わしは、砂かけ猫かっ!?」

なるほど。砂かけ婆の親戚である可能性もあったか。まあ、そんなことはどうでもいい。みやびはニャンコ丸の突っ込みを無視して、改めて上空に目をやった。そして、今さら、はっとした。

「女の子がいる……」
十三、四歳に見える小娘が小袖を着て浮いていたのであった。ニャンコ丸は気づいていたようだ。
「娘に取り憑いておるのだ。あるいは、娘が妖を使っておるのか」

人が妖を操ることもあった。例えば、九一郎は妖を使役している。しかし、あんな年端もいかぬ小娘が、大火事を起こす小袖の手を操れるのだろうか？

ニャンコ丸が地べたから前足を離し、もったいぶった口振りで言った。

「人ではないのかもしれぬな」

「人ではない？」

「妖かもしれぬということだ。妖は、人に化ける」

どう返事をしていいか分からずに黙っていると、ニャンコ丸が意味ありげに付け加えた。

「狐や狸、そして鬼も化ける」

その能力は高く、鬼同士でさえ化けていることに気づかないというのだ。年齢も性別も関係なく、好きな姿になれるらしい。

「女に化けるのは、あやつらの十八番《おはこ》だ。町娘にも武家奉公の女中にも、子どもにも化けるのう」

意外な人間が鬼であっても不思議はないとも言った。知らぬ間に、人間と入れ替わっていることもあるようだ。

「それじゃあ、あの空を飛んでいるのも鬼なの?」

「うむ。その可能性はある。小娘に化けるなど、鬼のやりそうなことだのう。鬼の化けた人間は、そこら中におる」

唐土の仙猫が断言したのだった。

ふいに夢と現実がつながった。

みやびの両親を殺した鬼も、人間に化けて暮らしていたのだろうか? そして、今も人間として暮らしているのだろうか?

いずれにせよ小袖の手を止めなければ、人々の暮らしが壊されてしまう。また犠牲者が出る。

神社の火がいっそう激しくなった。燃え上がり、深川の空を焦がしている。

このままでは絶対にまずい。それなのに、ニャンコ丸は砂を投げるのを諦めてしまった。何やら遠くを見るような目で夜空を眺めている。ずっと前から分かっていたが、この猫は頼りにならない。

（わたしが倒してやる!!）

みやびは、地べたに転がる石塊《いしくれ》を拾った。命中させる自信はなかったけれど、これを投げて小袖の手に当てるつもりだった。

だが。

「やめておけ」

ニャンコ丸に止められた。それから、いつにも増して、のんきな声でこんなことを言い出した。

「あやつらに当たったら泣くぞ」

「……え？　あやつら？」

聞き返すと、仙猫が呆れた声で言った。

「一緒に暮らしている連中を忘れたのか？　おぬしは薄情だのう」

その言葉を聞いた瞬間、それらに気づいた。仮にも仲間なので、彼らと言い換えるべきだろうか。

相変わらず空を見上げているニャンコ丸の視線を辿ると、廃神社の仲間——ぽん太とチビ烏がいた。

「あ……あの子たち……」

いろいろありすぎて存在を忘れていた。ぽん太は傘を広げ、チビ烏は自分の翼で飛んでいる。小袖の手に向かって行きながら、ふたりは大声で叫んだ。

「小袖の手なんかには負けないよ！」

「カァー！」

戦うつもりでいるのだ。チビ烏はともかく、ぽん太は強い妖力を持っている。たいていの妖怪には勝てるはずだった。

しかし……。

「うるさい」

と、小袖を着ている小娘が呟き、袖から炎を放った。まるで手妻か奇術のようだった。その放たれた炎は、蛇のように宙を走り、ぽん太の傘に噛みついた。着火したのだ。

この時代の傘は雨には強いが、火には滅法弱い。竹の骨組みに油紙を貼ってあるのだから、よく燃える。ぽん太の傘は、あっという間に燃え上がってしまった。

「まずい！」

ぽん太が叫んだ。正確には、まずいのではなく手遅れであった。

「やられた～」

傘は灰となり、ぽん太は落下した。風に飛ばされたのか、雑木林のほうに落ちていったのだった。

「……ぽん太のことは忘れるとするか」

ニャンコ丸の見切りは早かった。まあ、ぽん太が傘を壊すのは毎度のことだ。今回の結果も、ある意味では予想できた。また、傘差し狸は丈夫だ。この高さから落下しても死ぬどころか、きっと怪我一つしないだろう。

「忘れるのはいいけど」

みやびは、夜空を見る。チビ鳥が残っていた。妖を名乗ってはいるが、特別な力は持っていない。

「絶対に負けると思うんだけど」

「わしもそう思う」

「逃げたほうがいいんじゃない？」

「わしもそう思う」

ニャンコ丸が二度頷いた。意見が一致していた。だが、チビ鳥は意外に気が強く、仲間思いだった。ぽん太がやられたのを見て、腹を立てたようだ。

「カァー!!」

雄叫びのように鳴き声を上げて、小袖の手に突っ込んだ。嘴《くちばし》を突き刺すつもりなのかもしれない。

無謀だ。不意打ちならともかく、小袖の手はチビ烏の動きを把握している。闇夜に烏は見えないものだが、火事の炎のおかげで昼間のように明るかった。チビ烏の姿も、はっきりと見える。

「鬱陶しい烏だ」

小娘が面倒くさそうに呟き、ふたたび袖を振った。またしても、ぽん太の傘を焼き尽くした炎の蛇が放たれたのだった。

しゅるり、しゅるり。

凶悪な蛇が、牙を剝いてチビ烏に向かっていく。紅蓮の炎が、小さな烏を吞み込もうとした。

その刹那、チビ烏が動いた。

「カァー!!」

空中で回転して避けようとしたが、躱しきれずに翼の一部が焦げてしまった。痛そうだった。涙目になっている。

それでも負けずに、改めて小袖の手に向かって行こうとする。

「カ……カァー!!」

「うるさい上に目障りだ。この世から消してやろう」

小袖の手が舌打ちし、袖をくるりくるりと回した。二匹の炎の大蛇が、小袖の手の背後に現れた。人よりも大きな炎蛇《えんじゃ》だった。チビ鳥が米粒のように見える。

獣は、自分よりも大きなものを恐れる。ましてや、炎の蛇だ。怖いに決まっている。

「カァ……」

威勢のよかったチビ鳥の声が、掠れて小さくなった。蛇に睨まれた蛙のように萎縮している。動きが完全に止まった。

「本格的にまずいのう」

ニャンコ丸が、分かり切ったことを言った。上空にいることもあって助けることはできない。

小袖の手は容赦しなかった。

「灰になれ」

二匹の炎の大蛇が放たれた。牙を剝き、一直線にチビ烏へ向かっていく。

「………」

チビ烏は凍り付き、声も出せなくなっている。逃げようともしない。炎蛇の餌食になるのは、火を見るより明らかだった。

小さな身体が炎に焼かれる寸前、

びゅう――
――と、疾風《しっぷう》が走った。

烈しい風だった。チビ烏が吹き飛び、炎の大蛇が吹き消された。それから、やがて鳴き声が響き始めた。

「カァー！　カァー！　カァー！」

「カァー!!」

「カァー、カァー」

烏たちの鳴き声だった。チビ烏のものではない。チビ烏と小袖の手を遠巻きにするようにして、百羽を超える烏たちが舞っていた。

ただの鳥ではあるまい。今まで気づかなかったし、みやびにも分かるほどの妖気が漂っている。

「こやつらは……」

ニャンコ丸が呟いた。この鳥たちの正体を知っているようだ。

一方、疾風に吹き飛ばされたチビ鳥は無事だった。ただ、廃神社から少し離れた上空を飛びながら、何かをさがすようにキョロキョロしている。小袖の手には目もくれない。急に挙動不審になった。

ニャンコ丸が言った。

「チビ鳥の天敵が近くにいるようだのう」

「て……天敵？」

「いじめっ子と言い換えてもいい」

「は？」

意味が分からない。チビ鳥の様子がおかしいのは事実だが、いじめっ子？　みやびが首を傾げていると、駄猫が悪口を言った。

「相変わらずの鈍さよのう」

「うん。安定の鈍さだね」

割り込んできたのは、ぽん太である。雑木林に落下したはずの狸が、いつの間にやら戻ってきていた。

だが、傘は持っていなかった。さっきの攻撃で焼かれて灰になってしまったのだろう。ぽん太自身も、体毛が少し焦げていた。でも、怪我はしていないようだ。

「チビ烏が群れを離れて、わしの子分になった事情は知っておろう」と、ニャンコ丸が続けた。

「うん」

みやびは頷く。その話は聞いている。チビ烏はもともと雑木林で暮らしていたが、烏仲間とそこを仕切る妖にいじめられて怪我を負い、娘医者の樟山《くすやま》イネに助けられたのであった。

「わしが助けたのだ！」

「おいらも頑張ったよ！」

駄猫と駄狸が胸を張るが、こいつらは何もしなかったはずだ。秀次と妖狐のギン太に押し付け、安全な場所で見物していたと聞いた。

それはともかく、この烏たちは、チビ烏の暮らしていた雑木林から来たということか？

「そういうことだ」

ニャンコ丸は頷き、さらに言う。

「やって来たのは烏どもだけではないのう」

「うん！　親玉がいるね！」

ぽん太が言ったときだ。頭上から、男の野太い声が落ちてきた。

「烏族《からすぞく》の恥さらしがっ！」

吐き捨てるような口振りだった。視線を上げると、烏のバケモノが夜空に浮いていた。

いや、烏ではない。そんな可愛いものではなかった。

「烏天狗《からすてんぐ》だのう！」

「だね！」

ニャンコ丸とぽん太が、なぜか嬉しそうに言った。

天狗について書かれた書物は多い。

例えば、『天狗経』である。これによると、天狗は日本中の山に棲んでおり、その数十二万五千だという。とんでもない数だ。人の振りをして町場で暮らしている天狗も存在するらしい。

烏天狗はその一種で、鷹《たか》とも鳶《とんび》とも見える容貌をした、半人半鳥の妖だ。両脇に羽根があり、空を自由に飛びまわる。山伏装束に身を包んでいる。

剣術の達人という伝説もあり、それを証明するように腰に刀を差していた。眼光も鋭い。武闘派の妖だった。

廃神社に現れた烏天狗は、チビ烏の暮らしていた雑木林の主であった。チビ烏をいじめていた烏たちの親玉でもある。

「カァー……」

チビ烏は震えている。烏天狗のことが怖いのだ。

「もしかして」

みやびは、ニャンコ丸に思いつきで質問する。

「烏天狗たちも、小袖の手の仲間なの？」

「違うな」

唐土の仙猫は首を横に振り、ぽん太がその理由を言った。

「烏天狗も妖烏《あやかしからす》も結束が固いから、他の妖怪の味方にはならないね」

「うむ。仲間思いだからのう」

ニャンコ丸は同意するが、みやびは納得できない。

「結束が固い？　仲間思い？」

チビ烏をいじめていた連中を、そうは思えなかった。

（ろくでもない連中だ）

と、ずっと決め付けていた。実際、チビ烏は烏天狗たちに怪我をさせられていた。医者の治療が必要なほどの大怪我だった。

チビ烏は仲間ではなかったということだろうか？　人間の社会でも、弱い者をいじめて結束を強くする場合はある。

（嫌な話だ）

顔をしかめたが、チビ烏については違ったようだ。

「みやびの目は節穴だのう」

「うん。ただの穴だね」

ニャンコ丸とぽん太に言われた。みやびは、むっとする。

「どういう意味よ？」

「そのままの意味だ」

偉そうに言ってから、何やら語り始めた。

「烏天狗は、チビ烏を傷つけたのは確かだのう。いじめていたように見えたかもしれぬが、おかしいと思わぬのか？」

「おかしい？　どこが？」

問い返すと、ため息をつかれた。

「少しは考えることをおぼえたほうがいいのう。そんなことだから、江戸中からバカにされるのだ」

みやびをバカにするのは、太った駄猫と傘壊し駄狸だけである。

ニャンコ丸が、いっそう偉そうに続ける。

「烏天狗は、チビ烏を殺さなかった。それどころか、イネに助けられるまで一緒に暮らしておったのだ。なぜだ？」

「それは……」

言われてみれば不思議だ。殺してはならないというのは人間の法律で、妖には関係がない。本気でチビ烏を嫌っているなら、殺してしまえばいいのだ。

「嫌っていたわけではないのだ！」

「ないんだよ！」

チビ烏から話を聞いたのだろう。ニャンコ丸とぽん太が胸を張った。

「どういうこと？」

はたして、烏天狗には烏天狗の物語があり、チビ烏にはチビ烏の物語があったのだった。

†

妖鳥は、普通の生き物と同じように親から産まれる。誰かの子どもとして、この世に誕生する。

チビ烏にも親はいた。ただ、母の顔は知らない。チビ烏を産んだときに死んでしまった。だから、父に育てられた。

母を恋しく思うこともあったけれど、それを補ってあまりあるほどに父が立派だった。

「八咫丸《やたまる》」

チビ烏の父親の名前である。

その名前の通り、八咫烏《やたがらす》——神武天皇が東征のとき、山中の道案内を務めるために、天照大神の命を受けて飛来したという神話の中の烏の血を引いていた。

江戸烏《えどからす》の王でもあり、本来であれば格上の妖であるはずの烏天狗とも親友で、一目も二目も置かれていた。

「八咫丸ほどの男は、日本のどこをさがしてもおるまい」

これは、烏天狗の言葉だ。

山伏衣装を着ていることからも分かるように、烏天狗は長い生涯のほとんどの時間を修行に費やす。剣術を究めんとし、修験者として生きていく。

山のない江戸に用はないのだけれど、八咫丸に会うために足を運んできていた。

もちろん、チビ烏とも面識があった。

「父のような立派な烏になるのだぞ」

と、会うたびに言われた。江戸烏の王の跡継ぎとして期待されていたのだ。

「カ……カァー……」

返事はしたものの、自信はなかった。幼いということもあるけれど、チビ烏は身体も小さく喧嘩が弱かった。他の烏には一度も勝ったことがなく、雀に負けたこともあった。

「精進が足りぬぞ！」

烏天狗に雷を落とされたことも、一度や二度ではなかった。叱られるのが怖くて縮こまっていると、終いには呆れられた。

「跡取りだという自覚がないのか？」

「カァー、カァー」

首を横に振って否定して見せたが、実のところ自覚はなかった。寿命の短い人間とは事情が違う。八咫丸は妖なのだ。

その寿命は長く、まだまだ生きるはずだった。チビ鳥が群れを率いるのは、何百年も先の話になるはずだった。

父もそのつもりでいたのだろう。烏天狗が怒るたび、チビ鳥を庇ってくれた。

「カァー」

カリカリするな、と言っているのだ。八咫丸も、子どものころは身体が小さく、か弱かったようだ。

その事情を知っていることもあって、烏天狗は矛を収めた。

「まあ、よい。八咫丸にじっくり鍛えてもらえ」

チビ鳥もそのつもりだった。しかし、その目論見は崩れる。悲しい出来事が起こってしまったのであった。

寒い冬のことだった。

その夜、烏天狗は江戸にいなかった。箱根の山奥で座禅を組んでいた。意識を遮断し、無我の境地にいた。

修験者としては珍しいことではないが、失敗だった。江戸で起こった火事に気がつかなかったのだ。

江戸の町では、火事が多い。失火もあるし、付け火もあった。火事場泥棒や人殺しを目的とした付け火ならば分からぬこともないが、その目的もなく火を付ける人間もいる。

「付け火は癖になる」

そんな言葉を聞いたことがあった。火に魅入られてしまうというのだ。人の心というものは弱く、不思議なものだ。

癖になろうと、火付けは大罪だ。捕まれば処刑される。それを恐れて、家のない場所に火を付ける者がいた。町場でなければ、見逃される可能性も高い。雑木林や町外れの空家を焼くのだ。

八咫丸たちが塒《ねぐら》にしている雑木林も、そんな人間に火を付けられてしまった。しばらく雨も雪も降っておらず火はよく燃えた。瞬く間に雑木林は炎に包まれた。町場から離れていたことも災いした。

人間たちは、火事に気づいても慌てなかった。

「あのあたりには、家も店もねえ。不幸中の幸いってもんだな」

「そうだな。この風向きじゃあ、町が燃える心配もあるめえ」

「派手に燃えてやがるぜ」

と、すっかり高みの見物を決め込んでいた。その様子は、花火を眺めているのと変わりがなかった。

火消しも出張らず、火を消す努力もしない。烏の塒があることは知っている者もいたけれど、火を消すのは命がけだ。烏を助けようと考える人間はいなかった。

烏の群れには、弱いものや年老いたもの、年端もいかないものがいる。火事に気づいても、誰もが逃げられるわけではない。

八咫丸は全員を救おうとし、実際に救った。真っ先に逃げることもできたのに、全員の避難を助けた。燃え盛る炎の中を、何度も何度も行ったり来たりした。

「カァー!!」

雄叫びのような声を、人間たちも聞いていた。のちに、「八咫烏が降り立った」と瓦版に書かれたほどだ。

全員を助けた代償は、大きかった。全員が避難し終わると、八咫丸は力尽きたように炎の中に落ちていった。

そして、骨さえ残らず消えてしまった。烏天狗が駆けつけたときには、すべてが終わっていた。

「あっぱれな漢《おとこ》だ」

烏天狗は八咫丸を称え、涙を流しながら残された群れとチビ烏の面倒を見ることを誓った。

「八咫丸の息子に恥じぬ漢に育ててやろう！」

チビ烏の意見を聞くこともなく、烏天狗はそう言った。

†

「チビ烏には、ちと荷が重かったようだのう」

燃え盛る廃神社の境内で、ニャンコ丸が言った。上空では、烏天狗率いる烏たちが、小袖の手を取り囲んでいる。動きはない。互いに相手の出方を見るように静止していた。

「じゃあ、いじめていたんじゃなくて」

「うむ。一人前の妖烏にしようとしていたのだろう」

すると、チビ烏を助けたイネの行為は、余計なお世話ということになってしまう。ニャンコ丸は、みやびの心を読むことができる。考えていることが分かるのだ。このときも首を横に振った。

「余計なお世話ではないのう。あのときに助けなければ、死んでいたかもしれぬ」

「うん。完全に死んでたね」

ぽん太が断言した。そう言われて納得してしまうほど、チビ烏は大怪我を負っていた。

――一人前にしようとして殺しかけた。

矛盾しているようだが、剣術道場の娘として育ったみやびには、その状況が何となく理解できた。他人を鍛えるのは難しい。町の剣術道場だって、指導の行きすぎで人死にが出ることがある。

ましてや教えるのは烏天狗である。師範ではないし、そもそもの話として烏とでは身体の作りが違いすぎる。小さなチビ烏を鍛えるのは難しいだろう。

「烏天狗は、見かけほどバカではない。みやびより賢いくらいだ」

ニャンコ丸の台詞だ。この期に及んで悪口を言ってから、上から目線で偉そうに続けた。

「今では、指導に行きすぎがあったと気づいているであろうのう」

「うん。分かってるだろうね」

傘壊し狸のくせに、ぽん太も偉そうであった。そんな猫と狸の声が聞こえたのかは不明だが、鳥天狗がチビ烏に話しかけた。

「相変わらず腰抜けのようだな」

「カァ……」

チビ烏は返事をしたが、声に力がない。寺子屋の師匠に叱られた子どものようにしゅんとしている。烏天狗が怖いのだろう。

「小袖の手ごときに負けるとは、妖鳥の面汚しだな」

顔をしかめて叱責を続けていたが、ふいに何かを思い出したように、烏天狗が鼻を鳴らした。

「ふん。わしも人の子に負けたのだから、おまえのことは言えぬがな」

娘医者の樟山イネにひどい目に遭わされたことを言っているのだ。自嘲するような笑みを浮かべている。

烏天狗は気位の高い妖だ。強くあろうと修行を積んでもいる。それが人間の小娘に一蹴されたのだから、自嘲したくもなるだろう。

「あれを人の仲間にするのは無理があるのう」

「うん。無理」

ニャンコ丸とぽん太が呟いた。慰めようとしているのではない。イネの恐ろしさを知っているのだ。

この娘医者については、いろいろな逸話がある。例えば、イネは「薬ぐるい」で、薬草だけではなく虫や獣の肝も使って調合する。病気や怪我を治すものばかりではなく、いわゆる毒薬――命を奪いかねないものもあるようだ。

「治すのも殺すのも同じだ」

イネはそう言っていたが、断言されても困る。同じにして欲しくなかった。

とにかく、烏天狗はその薬の一つを浴びせられた。何日もの間、身体が麻痺していたようだ。

「死なずに済んで幸いだったのう」

「おいら、あのお医者さんにだけは逆らわないって決めたよ」

「それが正解だのう。わしは、イネの姿を見たら逃げるようにしておる」

「うん。おいらも全力で逃げるね！」

ニャンコ丸とぽん太が、真面目な顔で言う。みやびは、それがあながち冗談ではないことを知っている。イネは、人間にも妖にも恐れられていた。

上空では、チビ鳥がしきりに鳴いている。

「カァー！　カァー！」

どうやら烏天狗を慰めているようだ。ニャンコ丸やぽん太に悪い影響を受けている節はあるものの、チビ鳥は優しい妖だった。

その気持ちが伝わったらしく、烏天狗が軽く頷き、しみじみとした声で言った。

「この世には、勝てないものがいると分かっただけ勉強になった」

自嘲の笑みを消し、それから、鋭い視線を小袖の手に向けた。

「助太刀するぞ」

「カァー？」

「火付けを成敗するのだろう？」

「カ、カァー！」

チビ鳥が驚いた顔をした。ようやく、烏天狗たちが自分を助けに来てくれたと気づいたのだ。

烏天狗は、きっと目を吊り上げた。

「火事を起こす妖を放ってはおけぬっ！」

その言葉を聞いて、一緒にやって来た烏たちが声を上げた。

「カァー！　カァー！　カァー！」

「カァー!!」

「カァー、カァー」

八咫丸を失った一件を思い出したのか、誰もが殺気立っていた。火事を、そして何より火付けを憎んでいる。烏天狗を含めた全員が、今にも小袖の手に襲いかかりそうだった。

殺気を向けられても、小袖の手は落ち着いていた。敵が増えたのに慌てるわけでもなく、まるで話が終わるのを待っていたかのような風情で口を開いた。

「面白い烏どもだ」

不遜な態度だった。完全にバカにしている。烏天狗でさえ、ものの数に入れていない。

「いい度胸だ」

烏天狗が静かに言った。怒っていないわけではない。こめかみの血管が太く浮き上がっている。

「ならば、もっと面白くしてやろう!!」

吠えるように言って、ギラリと刀を抜いた。そのまま、小袖の手に斬りかかった。信じられない速さだった。一瞬で間合いを詰めて、刀を大きく振った。

ぶんッ——
——と、音が鳴った。

その刹那、みやびの髪が乱れるほどの風が起こった。凄まじい一撃だった。

しかし、小袖の手にはかすりもしなかった。風に舞う木の葉のような動きで、烏天狗の一刀を躱した。

間一髪のようにも見えたが、小袖の手には余裕があった。わざとギリギリで躱したのだろう。

「刀を使う鳥とは、なかなかの見世物だ」

と、嘲笑っている。

「くそっ!!」

烏天狗が舌打ちした。全力で一撃を放ったらしく、息が切れていた。

「次は妾《わらわ》の番だな」

小袖の手は笑みを浮かべたまま呟き、くるりと袖を軽く振った。ふたたび、炎の蛇が現れた。

さっきほどの大きさはないが、獰猛な顔をしていた。その炎の蛇が牙を剝いて、烏天狗に向かっていく。

どんな剣術の達人でも、攻撃の直後は隙が生まれるものだ。烏天狗も例外ではなかった。ましてや烏天狗は息が上がっている。

「灰になってしまえ!!」

小袖の手の命令を受けて、炎の蛇の動きが速くなった。烏天狗は、反応できない。炎の蛇が、牙を剝き出して迫った。烏天狗が火だるまになる――その寸前だった。

小さな影が動いた。

「カァーッ!!」

チビ烏だ。烏天狗を救うべく飛んだのだった。

†

何をやっても駄目だった。

いろいろなことが怖くて仕方なかった。

江戸鳥の王の子どもとして生まれたけれど、跡を継げるような器ではない。自分には無理だ。チビ鳥は、そう自覚していた。でも、そのことを言えないまま、父親が死んでしまった。

群れには率いるものが必要だ。一刻も早く一人前の妖鳥にならなければいけなくなった。

チビ鳥は、烏天狗に鍛えられた。修行は厳しかった。何かするたびに罵られた。怒鳴りつけられた。

「精進が足りぬぞ！」

「跡取りだという自覚がないのか？」

「それでも八咫丸の息子かっ⁉」

「やる気がないのなら死んでしまえっ‼」

実際、何度も死にかけた。全身に怪我を負った。みやびは同情してくれたけれど、悪いのはチビ烏だ。弱い自分が一番悪い。

王には、群れを守る責任がある。チビ烏の父である八咫丸は、その責任を果たして、火事から逃げずに死んでしまった。いざというときに群れを守れない烏に王の資格はない。強くなければ、群れを守ることはできない。

誰にも言っていないことだけれど、イネに助けられたとき、チビ烏は群れから逃げだそうとしていた。

（王なんかになりたくない！）

これ以上、頑張りたくなかった。烏天狗に叱られたくなかった。立派な父親と比べられたくなかった。

その願いは叶った。烏の群れから離れて、みやびたちと廃神社で暮らすことになった。ニャンコ丸とぽん太という妖がいて、空飛ぶ駕籠《かご》として扱われたり、竜巻で飛ばされたりしたが、それでも楽しかった。幸せだった。

でも、廃神社を焼かれてしまった。またしても火事が、チビ烏の大切なものを奪ったのだ。

許せなかった。チビ烏は、火事を起こした小袖の手を退治しようとした。これ以上、火事が起こらないようにしなければならないと思った。

戦いを挑んだ。

だけど、駄目だった。

「うるさい上に目障りだ。この世から消してやろう」

一蹴されてしまった。何をやっても駄目な自分が、恐ろしい妖に勝てるわけがなかった。炎の蛇に食い殺されそうになった。

そのとき、烏天狗や妖烏たちが現れ、群れを捨てた自分を助けてくれた。

「助太刀するぞ」

と、言ってくれた。

烏天狗は、強い妖だ。剣術の達人で、その動きは誰よりも速い。しかし、小袖の手には勝てなかった。

「灰になってしまえ!!」

凶悪な炎の蛇が、烏天狗に襲いかかった。攻撃したばかりの烏天狗は、これを躱すことができない。チビ烏は、じっとしていられなかった。

自分は江戸烏の王にはなれない。

父のようにはなれない。

でも、烏天狗たちの友達にはなれる。

みやびやニャンコ丸、ぽん太と出会い、この世で一番怖いのは仲間を失うことだと知った。

自分を助けに来てくれた烏天狗たちは、チビ烏の仲間だ。大切な仲間だ。失いたくはない――。

「カァー!!」

鉄砲の弾のように夜空を飛び、烏天狗に体当たりをした。小さくても妖の体当たりだ。烏天狗の身体が吹き飛び、炎の蛇の標的から外れた。

チビ烏は、仲間を救ったのだった。しかし――。

†

「無謀な真似をしおって」

ニャンコ丸が舌打ちした。烏天狗を助けることができたものの、チビ烏が炎の蛇の標的になっていた。

「カ、カァー!」

チビ烏が悲鳴を上げた。烏天狗の代わりに、炎の蛇に食われたのだった。チビ烏の小さな身体が炎に包まれた。

「お……おいっ!!」

声を上げたのは、烏天狗だ。吹き飛ばされた烏天狗が空中で身を翻し、助けに入ろうとするが、火の勢いが強すぎる。

「……くっ」

どうしても近づくことができない。熱の結界が張られているようだった。

「ただの炎ではない。放つ前に呪いをかけておいたからな」

小袖の手が、笑みを浮かべて言った。

「烏どもを一匹残らず始末してやろう」

さらに炎の蛇を放った。くるりくるりと小袖を振って、何匹もの炎の蛇を放った。円を描くように夜空を飛んだ。

「逃げろっ!!　ここから離れるんだっ!!」

烏天狗が叫んだが、遅かった。烏たち全員が、炎の蛇どもに包囲されていた。すでに逃げ場はない。

「カァー……」

心配そうに声を上げたのはチビ烏だが、炎に焼かれて落下する寸前だった。仲間を助けるどころではない。

「お楽しみの時間だな」

小袖の手が呟く。大虐殺が起ころうとしていた。このままでは、チビ烏も烏天狗も、妖鳥たちも焼かれてしまう。

「た……助けないと！」

みやびは言った。さすがにまずいと思ったのか、ニャンコ丸が真面目な顔になった。

「わしの出番のようだのう」

しっぽを立てて何かしようとしたけれど、出番はなかった。ニャンコ丸が何かするより先に、地べたが揺れるほどの轟音が響いた。

ぐわあああぁぁあああぁぁあっ！

「な、な、何っ!?　今度は何っ!?」

みやびは慌てたが、仙猫と傘差し狸は落ち着いていた。空を見上げて返事をした。

「水龍だのう」

「うん。水龍だね」

空を見た。本当だった。水龍が空に昇っていく音だった。十万坪の夜空に、氷細工のように美しい水龍が現れたのであった。

「なんか凄いのが来た……」

みやびは口をあんぐりと開けて、その美しい姿に見とれた。

水龍とは、水の中に棲む龍のことだ。水の神と言われることもある。その水龍が、十万坪の夜空を飛んでいた。

「まさか新手の敵？」

ならば、大変なことになる。しかし、その心配は杞憂だった。ニャンコ丸やぽん太が答えるより先に、水龍が炎の蛇に向かっていった。炎の蛇を敵と見なしているみたいだ。

「蛇ども、そやつを食らってしまえっ!!」

小袖の手が命じたが、無理であった。龍と蛇では、そもそもの格が違う。水龍に触れた瞬間に、炎の蛇は消えてしまった。音もなく消えた。一瞬の出来事だった。夜空を支配していたはずの炎の蛇が、一匹残らず退治されてしまったのだ。そして、ついでのように水龍が廃神社の火も消した。

炎は、一つも残っていなかった。燃えていたはずのチビ烏が、きょとんとした顔をしている。水龍の威力なのか、身体の火が消えていた。羽が焦げているものの、大きな怪我はしていないようだった。

「カァー？」

首を傾げながら地べたに降りてきた。何が起こったのか分からないらしく、呆然とした顔をしている。烏天狗や妖烏たちも、言葉を失って固まっていた。

そのとき、娘の声が聞こえた。

「ふむ。興味深い」

足音とともに、小柄な少女が現れた。髪を尼削《あまそ》ぎ——結うことなく、肩の上で切り揃えてある。だが、出家しているわけではない。無頓着なだけだ。服装を見ても、粗末な麻の着物を着ていた。

顔立ちは整っているが、痩せているせいもあって少年のようにも見えた。僧侶の持つような頭陀袋を肩にかけている。小娘のはずなのに、やけに落ち着いていて、威厳がある。

こんな娘は、江戸中さがしたって一人しかいない。いや、日本に一人しかいない気もする。この娘こそが、噂の娘医者・樟山イネである。

「先生……」

みやびは呟いたが、イネは返事をしない。とことこと歩いていき、チビ烏の診察を始めた。

「あの勢いの炎に包まれて、たいした火傷も負っておらぬようだな。妖とは不思議なものだ。まことに興味深い」

何やら感心している。

「……おまえはバケモノか」

そう言ったのは烏天狗だ。イネが水龍を出したと思ったようだ。確かに、この娘なら、それくらいの術は使いかねない。

みやびや烏天狗だけでなく、チビ烏も同じことを思ったようだ。

「カァー」

尊敬の眼差しでイネを見ている。子分になってしまいそうな表情だった。すると、本物の子分の声が割り込んできた。

「さすがに無理だぜ。いくら先生が無茶苦茶でも、水龍まで操れるわけがねえ」

娘医者の後を追うようにして、河童《かっぱ》が現れたのだった。この河童のことは、みやびたちも知っている。ニャンコ丸が名前を呼んだ。

「おぬしは、きゅうり助」

「九助《きゅうすけ》だよ!!」

深川に棲む河童であった。縁あってイネの手伝いをしている。使い走り、もしくは、家来と言うべきだろうか。

「あんたが水龍を出したの？」

「出したっていうか、来てもらったんだよ」

九助はみやびの質問にそう答え、水龍に顔を向けた。

「助かったぜ。ありがとうよ」

友達に言うような気楽な口振りだった。水の神に不遜な態度とも言えるが、水龍は気にしていない。

「いつでも呼ぶがよい、きゅうり助」

「だから、九助だよっ！」

「わははは！」

腹の底に響くような笑い声を上げ、十万坪の夜空に吸い込まれるように舞い上がっていった。

「我は戻る。また会いにくるがよい」

「おう、遊びに行くぜ！　じゃあな！」

九助自体は弱い妖だが、顔は広いようだ。水龍と友達付き合いしているとは、ただものではない。だが。だが。だが——。

「どうして、水龍さんを返しちゃったのよ!?　まだ小袖の手を倒してないじゃないっ!!」

みやびは全力で突っ込んだ。炎の蛇を消し去ったところで、諸悪の根源が残っているのだ。

正論を言ったつもりだが、河童にため息をつかれた。

「姉御、相変わらず心配性だな」

——姉御。

このところ、そう呼ばれることが増えていた。喜十郎だけではなく、河童までもがそう呼ぶ。

妖の弟を持ったおぼえはないのだけれど、今はそこに触れている場合ではない。火事を起こす小袖の手が、すぐ真上にいるのだから。

炎の蛇を失いはしたが、小袖の手は無傷だ。今にも襲いかかってきそうな顔でこっちを見ている。怒っているようだ。危険なにおいが漂っていた。

「水龍さんを呼び戻して!!　早く!!　いますぐに!!」

みやびは、大声で言った。妖たちはのんきで、急かさなければ何もしない傾向にあった。

「その必要はねえですよ」

「必要ないって、燃やされちゃうからっ！」

「だから大丈夫ですって」

九助は宥《なだ》めるように言い、恐ろしい言葉を発した。

「イネ先生が、小袖の手に興味があるんですって」

「きょ……興味がある？」

「うむ。見たところ、妖が娘に取り憑いているようだ。火事まで起こすとは、実に興味深い」

返事をしたのはイネである。それで、わざわざ廃神社にやって来たようだ。近辺に建物がないだけに、遠くからでも火事と小袖の手が見えたのだろう。

「興味深いはいいが、どうするつもりかのう？」

ニャンコ丸が戸惑っている。この能天気な仙猫を戸惑わせるのは、イネくらいのものだ。

「まずは捕まえる」

そう答えるなり、竹筒を取り出した。この展開は知っている。一見すると普通の水筒だが、中に入っているのは水ではあるまい。この娘が、ただの水を持ち歩くはずがない。

その中身を聞く暇はなかった。

「ふん！」

と、竹筒を投げた。気合いの割りに、たいした勢いはなかった。それでも、ひょろひょろと小袖の手のそばまで届いた。

小袖の手の不幸は、イネを知らなかったことだろう。竹筒を避けるべきだった。全力で逃げるべきだった。

「何の真似だ？」

不快そうに問うて、返事を待たずに竹筒を払い落とそうとした。——それも、いけなかった。小袖の手は間違いを犯した。その間違いは致命的だった。

外科にも精通しているイネは、手先が器用だ。竹筒に細工がしてあった。小袖の手が触れたとたん、竹筒が破裂した。

びしゃりと音を立てて、小袖の手に竹筒の中身がかかった。避ける暇もなく全身がずぶ濡れになった。

「何の……ま……」

ふたたび同じ言葉を呟こうとしたようだが、ろれつが回っていない。身体の自由も利かなくなったようだ。

「………」

とうとう言葉を失った。小袖の手が落下し始めた。散ってしまった梅の花びらのように、ゆっくりと落ちていく。

「特別に調合した眠り薬だ」

イネが解説するように言った。手製の眠り薬を竹筒の中に仕込んでいたのであった。みやびは疑問を口にする。

「眠り薬って、妖にも効くものなんですか？」

「効くように作った。ちゃんと実験もしてある」

「実験……」

ある予感に駆られ、みやびは河童を見た。九助は遠い目をしていた。誰が実験台になったのかは明白であった。

「イネに鬼と戦ってもらったほうがいいような気がするのう」

「……うん」

ニャンコ丸が呟き、ぽん太が頷いた。みやびも、首を縦に振っていた。

†

「怪我をされても面倒くさい。おい、烏天狗。小袖の手を捕まえて、こっちに連れてこい」

イネが当たり前のように命じた。

「分かった」

烏天狗も当たり前のように応じて、ゆっくりと落下している小袖の手を空中で抱き留めた。そして、そのままイネのもとに運んできた。

「ご苦労」

娘医者は家来を労うように言い、眠ったままの娘に手を伸ばした。それを見て、烏天狗が怯えた声を出した。

「こ……殺すのか？」

「おまえは、わたしを何だと思っているのだ?」

イネが質問に質問で返すと、烏天狗が口を閉じた。言ってはならない返事が頭に浮かんだのだろう。

「わたしは医者だ。病気や怪我を治す以外にすることはない」

小袖の手を墜落させておいて、この言いようだ。烏天狗を殺しかけたことも忘れてしまったみたいだ。

いや、忘れたのではなく、最初から気にしていないのだろう。イネは、そういう娘だ。

「……そうか」

烏天狗が無表情に返事をした。言いたいことはいろいろあるだろうに、烏天狗は大人であった。

「うむ」

イネは頷きで返し、小袖を着ている娘の診察を始めた。いつものことながら患者にしか興味がないらしい。

「怪我はないようだな。まあ、大丈夫だろう。眠り薬が効いているだけだ」と、診立てを口にした。

「こやつは、鬼ではないのか？」

念のため質問したという感じで、ニャンコ丸が聞いた。それに対するイネの返事は明瞭だった。

「違う。人間の娘だ。妖に取り憑かれていただけだ。廃神社に火を付けたのも、自分の意思ではあるまい」

そして、小袖を脱がせた。そこにいたのは、まだ幼さの残る少女だった。

「こやつ……」

ニャンコ丸が、少女のそばに行って呟いた。

「何やら、よいにおいがする」

この発言は駄目だ。聞き逃せない台詞である。みやびは、全力で仙猫の頭をひっぱたいた。

「ヘンタイっ!!」

強く叩きすぎたのか、急所に当たったのか、仙猫がドテンと倒れた。ちょっとピクピクしている。

その様子を見てから、イネが言った。

「そうではない。いや、ニャンコ丸がヘンタイなのは間違いないが、そういう意味の『よいにおい』ではあるまい」

「……他に意味があるんですか？」

「うむ。『妖に好かれるにおい』という意味だろう。こやつは、妖を引き寄せるにおいを発しておる」

　嫌な体質であった。今度は、烏天狗が口を挟んだ。

「こういうにおいの人間を知っておる」

　妙にしんみりとした口振りだ。みやびは、烏天狗の顔を見た。いまだ目を覚まさない少女に同情しているような表情をしていた。

「山でよく見かけた」

「山」

「そうだ。人の住まない山奥だ。そして、たいていは年端もいかぬ娘だった」

　みやびは分からない。

「そんな山奥で女の子が何をしてるの？」

　その質問を聞いて、倒れていたニャンコ丸がにわかに復活し、返事をした。

「生贄《いけにえ》の血筋だのう」

「え？」

「なんだ、その顔は？　おぬしは生贄も知らぬのか？」

「知ってるけど……」

人身御供《ひとみごくう》、もしくは人身供犠《じんしんくぎ》と呼ばれるもので、人間を神に捧げることだ。代表的な例として、人柱《ひとばしら》が挙げられる。海や池、沼などに沈められることもあった。

「捧げる相手は、神だけではない。山や水辺に棲む妖に捧げられることも珍しくないのう」

ニャンコ丸は言い、さらりと残酷な言葉を続ける。

「この娘の祖先が生贄だったのだろう」

ごく少数ではあるが、生贄として山などに送られて生還する例もあるという。だが、帰ってきたからといって難を逃れたわけではなかった。

「いったん生贄に選ばれると、妖に憑かれやすくなる。身体ににおいがついてしまうのだろうな」

ニャンコ丸は詳しい。仙猫の言うところによると、その子孫までもが、妖に狙われるようになるらしい。その結果、集落から追われる場合もあるという。

「そんな理不尽な」

望んで生贄になったわけではないのに、子孫にまで害が及ぶなんてひどい話だ。

「理不尽でひどい真似をするのが、人間という生き物だ。そこらの妖よりも、ずっとバケモノだのう」

言い返す言葉はなかった。

「わしの見立てだと、そやつは〝鬼食われ〟の血を引いておる。何代か前の祖先が、鬼の生贄に差し出されておる」

〝鬼斬り〟と〝鬼食われ〟

どことなく似ている。みやびの両親を殺したのも鬼だった。また、九一郎は鬼をさがしに大奥に行ったという。すべてが繋がり始めていた。

だが、どう繋がっているのかは分からない。まだバラバラだ。そして、この話がどこに向かって進んでいるのか分からなかった。

考え込んでいると、ぽん太が口を挟んだ。

「目を覚ましたよ」

見れば、少女がうっすら目を開けている。ただ、まだ完全に目覚めていないのか、ぼんやりした顔をしていた。

「こやつは誰だ？　町役人にでも聞いてみるか」

イネが言ったときだった。男の声が割り込んできた。

「聞くまでもねえ。その娘は、大奥の小女さ」

伝法な物言いだったが、隠しきれない威厳があった。視線を向けると、苦み走った四十すぎの男がやって来ていた。御用聞きの秀次が、その後ろを歩いている。

「嘘っ!?」

思わず言ってしまった。名前を聞くまでもなく、みやびはその四十すぎの男を知っていた。

声を知らなくても、顔は知っている。江戸中の人間が知っているだろう。絵草紙にも描かれる英雄なのだから。


火付盗賊改長官・長谷川宣以。


これが、この男の名前だ。長谷川平蔵が、廃神社に現れたのであった。しかも、みやびに向かって話しかけてきた。

「そちらが姉御かな」

みやびは、飲んでもいないお茶を吹き出しそうになった。どうして、そうなる?

どうして、旗本までが自分をそう呼ぶ?

「『郷に入っては郷に従え』と言うやつだ」

平蔵が真面目な顔で言った。みやびを「姉御」と呼ぶのは、一部の妖と喜十郎《ヘンタイ》だけである。天下の長谷川平蔵が、どこの郷に入るつもりなのだろうか？

そんな鬼の平蔵の背後で、秀次がため息をついた。

†

(困ったお人だぜ)

秀次は、十万坪の外れに足を運んだ長谷川平蔵に呆れていた。

「四百石の旗本のやることかよ」

そう言ってやりたいくらいだ。長官という要職にありながら、平蔵は勝手気ままに捜査をする。

町奉行所でもそうだが、組織を仕切る者が現場に出ることは滅多にない。手下を動かし、報告を受けるのが仕事だ。火付けや盗賊と顔を合わせることなく任期を終える長官も珍しくはなかった。

だが、平蔵は手下を動かし、自らも動いた。現場に出るどころか、盗賊の隠れ家に乗り込んだこともある。

「悪党を追っているのが、性に合っているのさ」

そんなふうに言って、手下もろくに連れずに出歩くのだ。周囲の人間はたまったものではない。今回にしてもそうだ。

「秀次一人でよい」

町奉行所から移ったばかりの秀次と二人で、この大奥の事件を捜査するつもりらしい。指名された秀次の責任は重大だ。平蔵に怪我でもされたら、面目が潰れる。いや、面目の問題ではない。平蔵は人望があり、配下たちは父親のように慕っている。

「秀次、長官《おかしら》を頼む」

と、固く頼まれていた。与力や同心という歴とした武士たちが、町人である秀次に頭を下げたのだった。これで平蔵に怪我でもされた日には、腹を切っても追いつかないだろう。

(おれは町人だぜ。切腹なんぞ冗談じゃねえ)

秀次は顔をしかめた。火付盗賊改方の御用聞きになったことを後悔していた。しかも、今回の事件には、何やら妖——それも鬼のにおいがする。

人間の悪党が相手なら、

「天下無敵の鬼の平蔵」

であるのだが、本物の鬼と戦っては分が悪い。

そのことは平蔵自身も分かっていたらしく、場合によっては大奥の事件から手を引くつもりでいたようだ。本来の仕事である江戸の治安を守れなくなるのを恐れたという面もあるだろう。

しかし、事情は変わった。江戸城に呼びつけられて、事件の捜査を正式に命じられたのだ。

「禄を食んでいる身だ。断れねえさ」

平蔵は嘯くように言って、さらに、

「十万坪に面白えのがいるそうじゃねえか」

と、秀次に言ったのである。

九一郎やみやび、ニャンコ丸、さらには、ぽん太やチビ烏のことまで調べ上げてあった。もちろん、ギン太のことも知っていた。

「ギン太、おめえも今日から火付盗賊改の一員だ」

平蔵が勝手なことを言い出した。ギン太は、秀次の懐《ふところ》から顔を出し、大いに困惑している。

「こ……ん？」

「おう。期待してるぜ」

と、強引に話をまとめてしまった。秀次が言葉を挟む暇もなく、平蔵は真面目な顔で続けた。

「そういうわけだ。固めの盃と行こうか」

「固めの盃？」

「おれが相手じゃ不服かい」

「ま……まさか」

「ならば、黙って一緒に来い」

こうして、酒を呑むことになった。


平蔵の向かった先は、秀次の縄張りでもあった本所・二ツ目橋だった。

「本所の銕」

だけに、このあたりは、平蔵の、

「庭のようなものだ」

であった。この土地で生まれた秀次よりも詳しいくらいであった。道を聞くことなく、どんどん歩いていく。

「ギン太、おめえさんも軍鶏《しゃも》は食えるだろ？」

「こん」

「そいつは、よかった」

と、妖狐ともこだわりなくしゃべっている。秀次にも、気軽に声をかけてきた。

「軍鶏鍋の旨《うめ》え店があるんだ。そこでいいかい？」

「へ……へえ」

否応もなかった。四百石の旗本が、町人である秀次を馴染みの店に案内するつもりらしい。

「ここだ」

示した先には、紺に「相鴨《あいがも》・しゃも鍋」と染め抜いた暖簾がかかっていた。

その暖簾をくぐり、勝手知ったる我が家のように店に入った。

「邪魔するぜ」

平蔵がそう声をかけるなり、白髪頭の小柄な老人が飛び出してきた。そして、

「こいつは、銕つぁんの旦那」

と、気安く平蔵を呼び、嬉しそうに笑った。

「呑みに来たぜ」

平蔵が言うと、店主は暖簾をさっさと片付け、二人に言った。

「朝まで呑んでくれても構いませんぜ」

「そのつもりだ」

平蔵は答えたが、その返事は冗談ではなかった。真夜中がすぎても、酒を呑み続けた。

秀次も平蔵に付き合い、軍鶏鍋に舌鼓を打ち、酒を呑んだ。それから、大奥で起こっている事件について話し合った。ちなみに、ギン太はもう眠っている。酒飲みに付き合うつもりはないようだ。

廃神社の火事を知ったのは、そんな深夜のことだった。平蔵の使っている密偵の一人が報告に走ってきた。

「長谷川さま、ちょいとお耳に入れたいことが――」

その話を聞くや、平蔵は腰を上げた。

「行ってみるか」

かなりの量の酒を呑んでいるはずなのに、微塵も酔っていなかった。秀次の返事を待たずに、駆け出すように店を出た。一人で行くつもりのようだ。

「腰が軽いにもほどがあるぜ」

秀次は嘆くように呟き、慌てて平蔵の後を追った。

†

「その娘の名前は、『十四《じゅうし》』という。女拝み屋と呼ばれる者の小女だ」

長谷川平蔵が、十万坪の外れで言った。小袖の手に取り憑かれていた娘――十四は、自分の置かれた状況が分からないらしく黙っている。

「女拝み屋……」

みやびが目を見開き、問うように秀次を見た。女拝み屋の話を聞きたいのだろう。

「隠さずに何もかも話してやれ。これから手伝ってもらうのだからな」

平蔵が、秀次に命じた。みやびはまだ何の返事もしていないのに、お役目を手伝うものだと決め付けている。

「ちょっと待て」

遮ったのはイネである。相手が長谷川平蔵だろうが、言葉を改めるつもりはないようだ。

「わたしは手伝わぬぞ。ゆえに話は聞かぬ」

きっぱりと言い放った。この娘医者が捜査に加わってくれれば心強いが、事件に興味はないらしい。

「九助、帰るぞ」

「へ……へい」

河童を従えて、さっさと帰ってしまった。しかも、当然のように十四を連れていった。

「あの先生は相変わらずだな」

平蔵が苦笑いを浮かべた。イネのことを知っているようだ。

「連れていかれてしまったものは仕方がない。あとで話を聞きに行くとするか」と、独りごちた。

「わしとみやびは手伝ってやるのう」

「おいらとみやびも手伝うね」

ニャンコ丸とぽん太が言った。女拝み屋についての話を聞く気いっぱいであった。

みやびも突っ込みを入れずに、話が始まるのを待っている。

秀次は小さくため息をつき、最初から話し始めた。

「大奥で奇っ怪な事件が起こっている。それも、一つや二つじゃねえ」

すでに話したこともあるが、端折らずに説明することにした。話しながら自分自身のためにも整理するつもりだった。

「まずは、不審火騒動だ。付け火かと思われたが、大奥の庭で怪しげな火の玉が目撃されている」

「こん！」

相づちを打ったのは、眠っていたギン太だ。火事を知って大騒ぎをしたせいか、秀次の懐で目を覚ましていた。

「その不審火があった日に、大奥女中の死体が見つかった」

「死体？」

「ああ。惨殺死体だ。獣に食われたような無残な死体が見つかっている」

「獣……」

みやびの顔色が変わった。両親の死を思い出したのだろう。みやびの父母の死体にも、獣に食われたような痕があった。

いや、獣ではない。今ではそう確信している。

「それって、もしかして」

血の気の引いた顔で問い返すように呟いた。

「その可能性はある」

秀次は、皆まで聞かずに返事をした。同じもののしわざだと秀次は思っていた。みやびの親を殺した何かが大奥にも現れたのだ、と。

「ものだの何かだのと言っている場合ではなかろう」

と、ニャンコ丸に言われた。この猫は、人間の考えていることが分かる。

「そうだな。鬼がやったと噂が立っている」

秀次は頷きながら答えた。噂ではなく事実だろう。鬼が大奥に入り込んでいる。おそらくは、女中に化けて紛れ込んでいる。

「鬼は、人間に化けるからね」

今度は、ぽん太が言った。その通りだ。老若男女に化けると言われている。そして、人間のふりをして暮らしている鬼もいるようだ。大奥にいたとしても不思議はない。

最初、平蔵は松島局という女中を疑っていた。話を聞くかぎり、いかにも怪しげな女だった。将軍の乳母であり、大奥の権力者だった。女拝み屋を大奥に引き入れ、自分の命令を聞く配下として飼っていた。

(真っ黒だぜ。こいつが犯人で決まりだな)

秀次も、そう思った。だが、松島局は殺されてしまった。自然死ではない。殺したものがいる。

「女拝み屋が下手人だ」

秀次は、きっぱりと言った。平蔵の見立てでもあった。その先の推理もしてある。

「女拝み屋の正体は、神名九一郎だ」

「…………」

誰も何も言わなかった。みやびも黙っていた。ニャンコ丸とぽん太も何も言わない。平蔵も口を閉じ、秀次に任せているようだった。

沈黙が流れた。

その沈黙を破って、秀次はみやびに問いかけた。

「おれが何を言おうとしているか分かるな?」

「…………」

みやびは、やっぱり返事をしない。血の気の引いた顔で口を閉じている。その顔が返事になっていた。分かっているのだ。

お人好しで抜けているところはあるけれど、みやびはバカではない。秀次の言いたいことが分からないはずがなかった。もしかすると、ずっと前から気づいていたのかもしれない。

――みやびは、九一郎に惚れている。

そんな気持ちを知っているだけに同情もするが、言わずに済む話ではなかった。放っておけば、新しい犠牲者が出るだろう。みやび自身が狙われることだって、十分に考えられた。だから、秀次は言った。

「九一郎さまが、鬼なのかもしれねえ」

かもしれねえと言いながら、秀次は確信していた。みやびの両親を殺し、大奥で事件を起こしているのは、神名九一郎だ、と。

それだけでも一大事だが、さらに放っておけない事情があった。平蔵が大奥に出張ったのも、この事情のためだ。

長谷川平蔵が、秀次に代わって言った。

「その鬼とやらが、上様の前にも現れたそうだ」

「……え？」

みやびが驚きの声を漏らした。はたして鬼は――九一郎は、徳川将軍の命を狙っているのだろうか。

第三話

みやび、将軍に見初められる

江戸城大奥の誰もやって来ない部屋に、「女拝み屋」と呼ばれるものがいる。

いものというのは、正体が分からないからだ。人間とは思えないという意味もあるが、何のために大奥にいるのかが不明だった。

大奥に住んでいながら女中ではない。下女のように働くことも、側室として将軍の夜伽《よとぎ》をすることもない。もともとは松島局に仕えていたのだが、その当人は死んでしまった。

松島局の死によって大奥を仕切る女中はいなくなり、女拝み屋と接する人間もいなくなった。

「鬼に食われたか」

女拝み屋は呟いた。声は小さく、表情はなかった。その代わり、額から異形の角が飛び出している。

それは、般若の面に付いている角にそっくりだった。だが、作りものではない。額から生えている本物の角だ。女拝み屋は、それが鬼の角であることを知っていた。

鬼の角。

女拝み屋がバケモノである証拠だ。鬼の角は、もはや隠すこともできない大きさになっていた。

あんなに苦しんでいた頭痛は、いつの間にか消えた。その代わりのように失ったはずの記憶のいくつかが、よみがえってきていた。例えば、かつて娘医者に言われたこと。

治る病ではない。分かっているだろう。

人として生きていきたければ、おとなしくしているんだな。

術を使うのを控えろ。

まあ、人でなくなるのも興味深いがな。

自分の身に何が起こっているのか？

明白だった。考えるまでもない。人でなくなった。娘医者の診立ては正しかった。

ときどき、意識を失う。

ふと我を失う瞬間があった。

そのたびに、大奥に鬼が現れる。そして、人が食われる。将軍の前にも、鬼が現れたという。

そのことを話してくれたのは、配下の妖——土蜘蛛《つちぐも》の土影《つちかげ》だった。将軍と鬼のやり取りを見ていたという。

†

この国の頂点に立っているはずなのに、将軍には自由がない。江戸城から出ることもままならず、一人になれる時間さえなかった。

大奥にいるときでさえ、「御中臈《おちゅうろう》」と呼ばれる八人の女中が身辺から離れなかった。見張られていない分だけ、籠の中の鳥のほうが自由なのかもしれない。

そんな将軍の唯一の息抜きが、庭を散歩することだった。江戸城には、築山が造られた広大な庭がある。江戸の真ん中と思えないほどの自然があった。

幸いなことに大奥からも、そこに出ることができた。もちろん御中臈たちは付い

てくるが、

「離れておれ」

と命じることで、視界の端に追いやれる。声を上げれば届く場所にいるが、それでも、どうにか一人になった気分を味わうことができる。

ずっと誰かに見られていると、人は疲れるものだ。ときには心を病んでしまう。将軍も例外ではなかった。一人になりたくて、どうしようもなくなるときがあった。お竹と一緒にいるときは、不思議と疲れなかった。将軍が彼女に惹かれたのは、その美しさだけに心を奪われたからではない。

だが、そのお竹もいなくなってしまった。大奥の女中たちの間では、鬼に食い殺されたという物騒な噂まで立っている。

——子は怪力乱神を語らず。

孔子《こうし》の言葉だ。理性では説明がつかないような不思議な存在、現象を語るなと『論語』に書かれている。

その後、松島局が何かに食い殺されたにもかかわらず、江戸城の役人たちは何も語ろうとしない。お竹についても、大奥から逃げてしまったという結論で話を収めようとしている。

将軍である自分が、孔子の教えを無視するわけにはいかない。事件直後はともかく、少し落ち着いた今となってはいっそうだ。

また、現実にお竹の死体は見つかっていない。すると、お竹は自分から逃げたことになる。それほどまでに嫌われていたのだ。

そう思うと心が苦しくなった。寂しさと悲しみに襲われ、気持ちの安らぐ時間を持つことができなくなっていた。

この日の昼下がりも、将軍は御中﨟たちを遠ざけて庭にいた。庭に茂る草木を見ながら、誰にも届かない声で呟いた。

「つまらぬものよ」

戦国乱世は遠い過去の出来事で、幕府は盤石と言っていい。政《まつりごと》は、老中を筆頭とした幕臣たちが行う。将軍の役割は、跡継ぎを作ることくらいだった。しかも、その仕事でさえ、将軍の自由にはならない。

あてがわれた女を監視されながら抱くのだ。「お添寝役」あるいは「お添伏し」と呼ばれる御中﨟が床にまで付いてくる。うんざりするのは当然だろう。少し離れた場所に控える御中﨟たちを見ながら、将軍はふたたび呟いた。

「一人になりたいものよな」

その瞬間のことだった。それまで晴れていた空が曇り、ひゅうどろどろと薄気味悪い風が頬を撫でた。

将軍は心細くなった。今まで経験したことのない種類の風だった。急に不安に襲われた。

戦国乱世を知らないけれど、常に命を狙われる立場にあった。平和な時代だからこそ、跡目争いは絶えない。不安を押し殺して、ここに留まるつもりはなかった。

「城に戻るぞ！」

御中﨟を見もせず声をかけた。

しかし、返事はなかった。

「…………」

将軍の言葉に答えないなど、あってはならないことだ。この場で手討ちにしてもいいところだが、それ以上に嫌な予感がした。

「……おい」

もう一度、御中﨟たちに声をかけた。そして、視線を向けた。女中たちの姿をさがした。

——失敗だった。

——見なければよかった。

見てはならないものが、そこにあった。死体が転がっていた。一人残らず首を切り落とされていた。首のない女の骸《むくろ》が、八つ並んでいた。

「——っ!?」

言葉にならない悲鳴を上げてしまった。気の弱い者なら失神しても不思議のない状況だ。腰を抜かさなかっただけ上出来だろう。

大声を上げようとしたが、声が出なかった。見たくないのに、首のない骸から目を離すことができない。将軍は、忘れられた案山子《かかし》のように立ち尽くしていた。

将軍を気にかけているのは、御中﨟だけではない。常であれば、誰かが異変に気づくだろうけれど、今日は静まり返っていた。江戸城の庭が、外界から隔絶されたように無音になっていた。

(結界……)

そんな言葉が思い浮かんだが、どうすることもできない。

やがて、永遠とも思える静寂の中、その女が現れた。どこからやって来たのか、髪の長い影が将軍のそばに歩み寄ってきて、淑やかな声で言った。

「公方様の願い通り、一人にして差し上げましたよ」

「な……何だと？」

「先ほど、一人になりたいと呟いていらっしゃいましたから」

独り言を聞かれていたのだ。すると、すぐ近くにいたことになる。まるで気づかなかった。

（どこかで聞いたような……）

ふと、そう思った。しかし、顔を見ることはできない。視線を向けても、髪の長い影のままだった。今となっては、女だということも疑わしく思える。

尋常の人間ではあるまい。

間違いなくバケモノの類いだ。

将軍の身体が、瘧《おこり》にかかったように震えた。とてつもなく恐ろしかったけれど、このまま震えていては将軍の沽券にかかわる。

「……無礼であろう」

ようやく言えた。だが、身体は震え続けている。この言葉を押し出すだけで精いっぱいだった。そうして発した声は小さかったが、女の影には届いたようだ。

「無礼？」

聞き返された。その声には嘲りの色があった。あからさまにバカにしていた。

将軍は勇気を振り絞り、どうにか腹を立てた。無理やりにでも女を叱りつけなければならないと思ったのだ。

「将軍たる予《よ》に向かって、その口の利きようは許されぬぞっ！　か……覚悟はできているのだろうな!!」

声が裏返ってしまったが、言うべきことは言った。女は動じなかった。畏れ入りも嗤いもせず、淡々とした口振りで応じた。

「公方様は『人の王』でありましょうが、わたしの属する世界の王ではありません」

「そなたの属する世界……？」

「ええ。わたしは人間ではありません」

その瞬間、影が美しい女の姿に変わった。髪は銀色で踵にかかるまで長く、目は血のように紅かった。そして、額に角があった。般若の面に付いているような角だ。作りものには見えない――。

「な……何者じゃっ!?」

今さらのように聞いた。者ではないと分かっていながら、誰何《すいか》せずにはいられなかった。

「ただの鬼ですよ」

事もなげに答えて、女――〝鬼〟は妖艶に笑った。その笑顔も怖かった。この場から逃げたかったが、足が竦んで動けなかった。

（こ、殺される!!）

ただ、そう思った。首をなくした八人の御中﨟の姿が脳裏に浮かんだ。自分も首を落とされると、いっそう震え上がった。

「な……なぜだ？　なぜ、こんな真似をする？」

将軍の地位を狙っているのかと思ったのだ。だが、その返事は答えになっていないものだった。

「鬼だからですよ」

女の影は言った。たぶん、そう言った。

その後のことは、記憶にない。将軍は気を失い、駆けつけた大奥の役人たちに助けられるまで、江戸城の庭先で気を失っていたのだ。

役人たちは、女の姿を見ていない。御中﨟の死体も消えていた。どこかに行ってしまった。

†

「おれが見たのは、そこまでです」

土影の話が終わった。深川では九一郎を見下したような話し方をしていたが、今は従順な僕《しもべ》となっている。女拝み屋の命令に逆らうことはなくなり、生意気な口も叩かない。だが、肝心なことも言わなくなった。

「わたしが殺したのか？」

そして食らったのか？　そう問うた。自分がやったような気もするが、記憶がなかった。

大奥は静かで、女拝み屋の周囲には人がいない。時間の流れさえ曖昧だった。頭痛がなくなっても、昔の自分には戻れていない。数刻の間、我を失っていても気づかないだろう。

「そこまでは見ていません」

土影は答えた。人が殺されようと興味ないのだろう。女拝み屋の命令には従うけれど、それ以上のことはしない。〝鬼〟と化した女拝み屋が、御中﨟を食らおうと止めはしないはずだ。

九一郎だったころの土影は、もうどこにもいない。目の前にいるのは、ただの使い魔だ。

「もういい。呼ぶまで姿を見せるな」

女拝み屋は邪険に追い払った。以前なら腹を立てただろう。しかし、土影は表情を変えなかった。

「御意」

感情のこもらぬ声で答えて、煙のように消えた。

松島局は死に、十四はいなくなった。なぜ、小女がいなくなったのか覚えていないが、女拝み屋が追い払ったのだろう。土蜘蛛以外の妖どもも顔を出さない。

「静かになった」

女拝み屋は呟いたが、その顔に笑みはなかった。うち捨てられた人形のように、誰もいなくなった部屋で立ち尽くしていた。

ずっと、ずっと立っていた。

「どうして、こうなるのよ……」

みやびは嘆いた。廃神社が火事になった半月後のことである。いつのころからか梅雨に入っていた。今のところ雨は降っていないが、じっとりと空気が湿っている。

だが、天気の悪さを嘆いているのではない。我が身に降りかかってきた災難に困り果てているのだ。

†

真夜中だった。

みやびは、走っていた。

妖から逃げていると思うかもしれないが、そうではない。そして、ここは深川十万坪でもなかった。

江戸城大奥。

その庭を走っていたのだった。

九一郎を見つけるために、大奥に女中として入った。そこまでは順調だった。何しろ、将軍の信頼も厚い長谷川平蔵が後ろ盾なのだ。

「おれの口利きで入ったのだから、粗略に扱われることはあるまい」

と、平蔵が太鼓判を押してくれた。

大奥といえば、同僚や先輩女中からのいじめが定番であったが、長谷川平蔵ゆかりの女中を害する者はいないだろう。江戸中の悪党が震え上がる火付盗賊改方を敵に回すことになるのだから。

そんな真似をする平蔵ではないが、その気になれば、大奥女中の生家を没落させることくらい簡単にできる。

しかも、みやびに目をかけているのは平蔵だけではなかった。将軍も、みやびを気にしているという。

大奥に入ることが決まった後に、平蔵がついでのように言った。

「公方様にも申し上げておいた」

「く……公方様にですか？」

庶民にとって将軍は雲の上の存在だ。同じ人間とは思っていない。神仏と変わらない相手である。

それなのに、何でもないことのように平蔵は続ける。

「そうだ。先だって大奥の庭先で恐ろしい目にあって、床から起き上がることもできぬ状態だ」

「情けないのう」

口を挟んだのは、ニャンコ丸である。ちなみに、このとき、すでに平蔵の額には肉球はんこの痕があった。

肉球はんことはニャンコ丸の使う術で、これを押されると妖——特にニャンコ丸の言葉が分かるようになる。

(そんなものを押されても迷惑なだけだから)

みやびは常々思っているのだが、平蔵の意見は違っていた。

「妖の言葉が分かるようになるとは面白い!!」

膝を打ち、自分の額を差し出したのだった。その結果、ニャンコ丸と会話ができるようになっていた。

「仮にも将軍を名乗る男が、鬼に脅されて寝込むとはみっともないのう」

と、ニャンコ丸が鼻を鳴らした。「仮にも」の意味が分からない。勝手に名乗っているのではなく、歴とした将軍だ。

「そう言うな。正気を保っているだけ立派なものだ」

平蔵が窘《たしな》めた。

その通りだ。八人ものお付きの女中を目の前で殺された上に、この世のものとも分からぬ何かに恫喝されたのだ。おかしくなってしまっても、不思議のないところである。

そんなふうに同情していた。それが、真夜中に大奥の庭を走り回るようになってしまった。みんな、将軍のせいだ。

†

江戸城大奥では千人以上の女中が働いているが、将軍に謁見できるのは百人もいない。

浪人の娘であるみやびが謁見できるはずもないのだけれど、そこは平蔵の口利きがある。興味を持たれていた上に、やはり特別扱いされていた。また、鬼に襲われたばかりで、将軍の気持ちが弱っていたこともあるだろう。

「その娘を連れて参れ」

と、側近に命じたのだった。

かくして豪華絢爛な大奥生活を始める前に、将軍の寝間に行くことになった。もちろん前例のないことだ。実質的な支配者であった松島局亡き後、大奥を仕切る者がいないので自由が利いたという面もあったのかもしれない。

当たり前だが、平蔵は大奥に入ることができない。付き添いを頼むことはできなかった。

ちなみに、大奥女中が動物を飼うことは許されているので、とりあえずニャンコ丸だけを連れてきていた。他にいないのだから仕方がない。火事で羽を焼かれたチビ鳥はイネのもとで治療を受けているし、ぽん太は傘を修理中だった。

「傘が直ったら遊びに行くからね」

と、傘差し狸は気楽なことを言っていた。大奥を近所の団子屋と勘違いしているのかもしれない。

「みやびとふたりだけとは寂しいのう。喜十郎を大奥に連れていくか。動物を飼うことが許されているのだから問題なかろう」

ニャンコ丸が、真面目な顔でバカげた発言をした。問題あるに決まっている。取り合うのも面倒くさいので、みやびは聞かなかったことにした。たとえ問題なかったとしても、喜十郎を連れていくのは御免被りたい。

それはともかく、将軍はニャンコ丸にも会いたがっていた。将軍の寝間にニャンコ丸を連れていくように命じられた。

「あれは、普通の猫ではないですな」

と、平蔵が将軍に言ったのであった。

「ふむ。呼びつけるのは気に入らぬが、そこまで言うのなら会ってやらぬでもないのう」

こうして、みやびはニャンコ丸を連れて大奥の廊下を歩き、将軍の寝間に向かった。場所を教えられただけで、案内の者はいなかった。

どうにか部屋に辿り着いた瞬間、襖の向こうから声をかけられた。

「入るがよい」

将軍の声のようだ。自分たちを待っていたようだ。

（入るがよいって言われても……）

みやびは戸惑う。武家の娘として一通りの躾を受けているものの、将軍と二人きりになったときの作法など知るはずがない。

案内の者がいなかった時点で予想できたことだが、取り次ぐ者もいない。廊下は静かで、寝間にいるのも将軍一人のような気がした。

普通に考えれば、将軍が一人でいることはあり得ないが、今は普通の状態ではなかった。八人ものお付き女中が殺されたのだから手が足りなくなっていようし、女中を差配する松島局もいないのだ。もちろん隣の部屋あたりに女中が控えているのだろうけれど。

どうしていいか分からず黙っていると、ふたたび将軍の声が聞こえた。

「入れと言ったのが聞こえなかったのか？」

「聞こえておるぞ」

答えたのは、ニャンコ丸だった。さらに文句を言う。

「襖の向こうから偉そうだのう。無礼な男だな。出迎えくらいするものだ」

偉そうなのではなく、本当に偉いのだ。無礼なのは駄猫のほうである。

唐土の仙猫は、遠慮を知らない。将軍に向かって命令し始めた。

「来てやったのだから襖くらい開けぬかっ!!」

とんでもない発言である。だが幸いなことに、将軍は普通の人間だった。ニャンコ丸の言葉は通じない。暴言を吐いても届かない。

武家の棟梁を前にして、みやびもいっぱいいっぱいで、ニャンコ丸に突っ込んでいる余裕はなかった。

それが失敗だった。顔、性格、礼儀、言葉遣いと悪いところだらけの仙猫だが、他にも悪いところがあった。

「襖も開けぬとは不精者めっ!!　仕方がない。猫大人さまが開けてやろう」

そう怒鳴るや、前足で蹴飛ばすように襖を開けてしまったのだった。足癖が悪い。将軍の寝間の襖を足で開ける輩はいない。うつけであった。ろくでなしであった。あほんだらであった。

将軍の顔が見えた。「入るがよい」と言ったものの、ここまで乱暴に襖を開けるとは思っていなかったのだろう。口を開けて、こっちを見ている。

まだ若く、なかなかの男前だが、ポカンとしていることもあってバカ殿様そのものに見えた。やっぱり部屋には将軍しかいない。

不逞の輩・ニャンコ丸は狼藉を続ける。

「きさまが将軍か？　ブサイクだのう」

言葉が通じず幸いであった。そう思ったが、甘かった。次の瞬間、ニャンコ丸が飛んだのだった。

「とうっ!!」

鞠《まり》のように丸い身体で跳躍し、宙で回転しながら、なんと、将軍の額を肉球で叩いた。ぺしんと音がした。いつもより強く叩いたようだ。

ニャンコ丸はにゃんぱらりんと着地し、キメ顔で言った。

「肉球はんこ!!」

将軍に術をかけたのであった。みやびは血の気が引いた。斬られる。ニャンコ丸はどうでもいいが、みやびも一緒に斬られる——。

「何してくれんのよっ!」

駄猫を怒鳴りつけ、頭をひっぱたいた。全力で叩いた。それも失敗だった。ニャンコ丸は吹き飛び、あろうことか将軍の膝に当たったのだった。言うまでもなく無礼である。

(……打ち首決定)

みやびは観念し、がくりと膝を落とした。そして、そのまま額が畳に落下した。顔を上げている気力を失っていた。その姿は、平伏しているように見えたのかもしれない。

将軍がふたたび口を開いた。

「面を上げよ」

怒っている声ではなかった。それでも顔を上げる気になれずにいると、穏やかな声が続けた。

「平伏は無用だ」

「……はい」

平伏しているわけではなかったが、他に返事のしようがなかった。力を振り絞って顔を上げると、将軍の額に肉球の痕があった。早くも黒ずみ、ほとんど痣のようになっている。

もはや何を考えることもできない。血の気が完全に引いていた。それを尻目に、みやびに叩き飛ばされたニャンコ丸が起き上がり、将軍に向かって自慢するように言った。

「特別に強く叩いておいたぞ」

偉そうな上に、恩着せがましい口振りであった。やっぱり、こいつはうつけだ。ろくでなしだ。あほんだらだ。ニャンコ丸だ。

罵っても罵り足りないところだが、ブサイクな駄猫の相手をしている場合ではなかった。将軍の身体に痣を付けたのだ。絶対に許されることではない。

市中引き回しの上、打ち首獄門とする!!

そんな言葉が頭の中で響き、獄門台に晒される自分の首が思い浮かんだ。首を落とされる瞬間の姿を、はっきりと想像することができた。

「思考は現実化するのう」

ニャンコ丸が太鼓判を押した。ここは現実化しないで欲しい。そのためにも、全力で謝ろう。無礼を働いたのは駄猫だが、言い訳している場合ではない。

「も、申し訳ありません！」

みやびは、全力で土下座した。畳に額をこすりつけて謝った。すると、将軍が不思議そうに聞いてきた。

「何を謝っておる？」

「え？」

思わず聞き返してしまったが、これも将軍への態度ではない。しかし、武家の棟梁はやっぱり怒らなかった。はるか下の身分であるみやびに返事をした。

「魔物除けの仙術をかけてくれたのであろう？」

「せ……仙術？」

「うむ。平蔵が言っておったぞ。術を使う唐土の仙猫を連れてくる、と。――違うのか？」

「い……いいえ。ち、違いません！」

みやびは首を横に振った。あるうちに振っておくべきだろう。それに、ニャンコ丸が術を使ったのは嘘ではない。魔除けになるかは疑問だが。

痛めるほどに首を振っていると、将軍が続けた。

「そなたのことも聞いておるぞ」

「は……はい」

浪人の娘であることを指摘されると思った。そのことを恥じてはいないが、将軍にお目通りの叶う身分でないことは確かだ。場違いなことも自覚している。

嫌味の一つでも言われるかと思ったけれど、そうではなかった。天下の徳川将軍が、みやびに頭を下げたのであった。

「かたじけない」

「……は？」

さっきから聞き返してばかりだが、こんな真似をされたら、みやびでなくとも目を丸くするだろう。将軍に頭を下げられたのだ。だが、何のお礼を言われたのか分からない。謎であった。

「かたじけないと申しますと？」

「予を守りに来てくれたのであろう」

なるほど。そういう設定になっているのか。少なくとも、将軍はそう信じている。

「はい」

正直なところ将軍に興味はなかったが、ここは逆らうべきではない。話を合わせて頷くと、将軍がほっとした顔になった。

「鬼斬りの一族が来てくれれば、もう安心だな」


早乙女無刀流。


と、父の道場の看板に書いてあった。ぶっちゃけ無刀流とは意味が分からない。のちに、明治時代の剣豪・山岡鉄舟《やまおかてっしゅう》が一刀正傳無刀流《いっとうしょうでんむとうりゅう》を開いたが、江戸のこの時代には存在していない。

それはともかく、早乙女家の祖先は恐ろしい鬼を斬る剣士だったという。徳川家に仕えていたこともあり、何百、何千もの鬼たちを斬ったということになっている。

死んだ父に言わせると、

「早乙女家には、鬼を殺す血が流れている！　鬼も恐れる一族なのだぞ！」

であった。また、こうも言っていた。

「ふたたび鬼が現れたなら、我が一族は戦わなければならぬ!!」

父は真顔だったけれど、みやびは信じていなかった。鬼も恐れる一族が、深川の外れで小さな剣術道場をやっているという設定は、

（無理がある）

実際、その台詞を言った父にしても優男で、鬼を斬った剣士の血が流れているようには見えなかった。

（客寄せのはったりだ）

そうとも思った。祖先の武勇伝をでっち上げる道場は珍しくない。その中でも、鬼退治は定番とも言える。坂田公時《さかたのきんとき》以来の伝統芸であろうか。

「はったりではないと思うがのう」

ニャンコ丸が呟いたが、みやびは無視した。また適当なことを言っていると思ったのだ。

しかし、将軍が信じている以上、そのことは言わないほうがいいだろう。下手なことを言って、大奥から追い出されても困る。九一郎をさがせなくなってしまう。

いや、それ以前の問題か。

ニャンコ丸の無礼を咎められたら、生きて城を出られまい。鬼斬りの一族だから見逃してもらえているのだ。

仏の嘘を方便といい、武士の嘘を武略という。明智光秀《あけちみつひで》の言葉である。武士の娘であるみやびも、話を合わせることにした。

だが、合わせ切れなかった。みやびの予想もしなかった方向に話は流れていく。

「鬼を斬る一族の娘とは頼もしいものよ」

将軍は満足そうに言い、それから、大きく頷いた。

「うむ。予の側室にしてやろう」

「……え？　今、なんと？」

「聞こえなかったのか？　将軍の側室にしてやろうと言ったのだ。よろこぶがよい」

「そ……側室……」

正室の反対語。つまり、貴人の妾のことである。将軍が、みやびを妾にしようとしているのであった。

「まさかの展開だな。みやび、玉の輿だ。それも、究極の玉の輿ではないか。よかったのう」

ニャンコ丸が他人事のように言った。

よくない！　ちっとも、よくない！　玉の輿なんて、将軍の側室になるなんて望んでない！

心の叫びは届かず、将軍が顔を近づけてきた。いきなり接吻でもされるのかと警戒したが、思い違いであった。

「そなた、珍《ちん》なる顔をしておるな」

将軍に言われた。

「だが、嫌いではない。見ていて飽きぬ」

褒めているつもりのようだが、嬉しくない。嬉しいはずがなかった。珍獣扱いされているのだから。

（わたしの顔は、見世物小屋かっ!?）

突っ込みたかったが、将軍の頭をひっぱたくわけにいかない。

どう対処すればいいのか分からずにいると、本物の珍獣――ニャンコ丸が相づちを打った。

「みやびの顔は面白いからのう」

こいつだけには言われたくなかった。

「趣《おもむき》がある」

将軍が微妙に雅《みやび》な言葉で同意し、みやびの目をまっすぐに見た。そして、真顔でとんでもないことを命じた。

「そなた、予の子を産め」

「え……ええっ!?」

みやびは叫んだ。無作法なのは承知の上だが、許して欲しい。叫びたくもなるだろう。天下の大将軍に見初められるなんて。子を産めと言われるなんて。

「鬼斬りの血筋が欲しい。その血が我が一族に加われば、徳川家は安泰だ。鬼に脅されることもなくなろう」

将軍が口説き始めた。その口振りは、みやびにすがるようでもあった。鬼と出くわしたことが、心の傷になっているようだ。

普通に考えれば、天下を統べる男に見初められるのは光栄なことだ。ニャンコ丸の言い草ではないけれど、「究極の玉の輿」と言っていい。

場合によっては、次の将軍の生母になれるのだ。地位も名誉も手に入る。びっくりするような贅沢な暮らしもできるだろう。

しかし、側室にはなれない。将軍に抱かれるわけにはいかない。

(わたしには、九一郎さまがいるから!!)

二人の間に約束があるわけでもないのに、九一郎の気持ちも知らないのに、みやびは思い詰めていた。勝手に操を立てていた。

「ある意味、天下を取ったな」

ニャンコ丸は祝福するように言った。

――天下なんかいらない。

――そんなものはいらない。

本物の武家の娘なら、よろこんで側室になるところなのかもしれないが、みやびは浪人の娘である。生まれてこの方、町人と変わらない暮らしを送っている。相手が将軍だろうと、好きでもない男の妾になるのは嫌だった。

「近う寄れ」

将軍が、みやびを抱き寄せようとした。このままでは、いろいろな意味で大変なことになってしまう。冗談じゃない。絶対に、冗談じゃない！

「わしは席を外したほうがよさそうだのう」

ニャンコ丸は言った。助けるつもりがないようだ。普段も役に立たないが、いざというときも役に立たない。

危殆《きたい》に瀕すると、人は思いも寄らぬことを口走る。みやびもそうだった。苦し紛れに叫んだ。

「お……鬼の気配がっ!!」

あからさまな嘘であった。子どもでも信じないだろうが、将軍は呆気なく信じた。

「ひぃっ」

息を呑むような悲鳴を上げた。完全に血の気が引いている。恥も外聞もなく、みやびにすがりつくように言った。

「た……助けてくれっ!」

本気で怖がっている。みやびは答えた。

「ま、任せてくださいっ!?」

疑問形っぽい言い方になったが、嘘が苦手なのだから仕方がない。将軍の心の傷を抉るみたいで申し訳ないとも思った。だけど、側室になるのは嫌だった。

隣室に控えているであろう女中たちが駆けつける前に、ここから離れなければならない。

「外の様子を見てきますっ!?」

ふたたび疑問形っぽく言って、みやびは将軍の寝間から脱出した。こうして、どうにか操を守ったのであった。

†

煌びやかな大奥であるけれど、やはり夜は暗かった。

火事を恐れて、厳重に火元が管理されているために、町場よりも灯りがないくらいだった。ましてや外に出てしまうと、漆黒の暗闇が広がっているばかりである。店も民家もないのだから当然だ。

受け皿のような細い月が出ているおかげで転ばずに済んでいるが、歩きやすいとは言えない明るさだった。

みやびは、提灯も持たずに大奥の庭を走っていた。将軍から逃げていた。とりあえず深川に帰って、平蔵に事情を話すつもりだった。話してどうなるものでもないのかもしれないが。

「鬼はどこだ？」

背後から役立たずの声が聞こえた。ニャンコ丸も一緒に飛び出してきたようだ。

しかも、みやびの嘘を信じている。安定のアホさであった。

罵ってやりたいところだが、そんな心の余裕はない。一刻も早く大奥から離れたかった。みやびは返事をせず、暗闇の中を走った。雨が降っていないのは不幸中の幸いだけれど、どうにも蒸し暑い。汗が噴き出してくる。

だんだん息が切れてきたが、それでも走り続けた。ニャンコ丸も短い足を必死に動かしているらしく、後ろから足音が聞こえる。ドタドタ、ドタドタと走っている。何度かコケた音もした。

その後、やがて話しかけてきた。

「み……みやび……。と……特別に、わ……わしをおんぶさせてやっても、よ……よいぞ」

息も絶え絶えであった。太りすぎに加えて運動不足である。役に立たないどころか、文字通りのお荷物だった。

「特別扱いしてくれなくて結構よ」

冷たく突き放してやった。将軍に迫られているときに助けてくれなかったのを根に持っていた。それに、こんな重いぶた猫を背負ったら、こっちがバテてしまう。

「で……では、か……駕籠を呼んでくれ」

誰が呼ぶものか。そもそも、江戸城の庭まで来てくれる駕籠はいないだろう。

「もうちょっと痩せれば」

「こ……これ以上、や……痩せたら紙のようにペラペラに……なってしまう……」

まだ冗談を言う気力はあるようだ。これなら大丈夫だろう。

それにしても広い庭だ。築山が造られており、山中に足を踏み入れたのと変わらぬ雰囲気が漂っていた。

土と草木のにおいがする。

ホーホー、ホーホーと梟《ふくろう》が鳴いている。

江戸とは思えなかった。暗いこともあって方向感覚がおかしくなりそうだ。細い月の明かりだけが頼りであった。

真夜中の庭は静かだ。梟の声以外に聞こえてくるのは、ニャンコ丸の足音と情けない声だけだ。

「み……みやび。ま……待ってくれ……」

「誰が待つか」

そんなふうに言葉を返したときのことだ。

ふいに月灯りが消えた。翳ったのではなく、月そのものがなくなってしまったかのような消え方だった。

唐突すぎる暗闇に襲われ、思わず足を止めた。すると、みやびが立ち止まるのを待っていたかのように音が聞こえてきた。


どん、どん、どん。

ぴーひゃら、ぴーひゃら。


陽気な太鼓や笛の音だった。

周囲を見ても、暗闇しかない。どこまでも続く暗闇の向こう側で、太鼓と笛の音が陽気に鳴っている。真夜中の江戸城庭に不似合いな音だった。

しかも奇妙なことに、その音がどこから聞こえてくるのかは分からない。遠くなったり近くなったりしている。

「祭り囃子？」

「そのようだのう」

ニャンコ丸が相づちを打った。まだ息は切れているが、立ち止まったおかげで普通にしゃべれるようになったみたいだ。

「大奥でお祭り？」

「そんなわけなかろう」

「でも祭り囃子が――」

「分かっているくせに聞くでない」

ニャンコ丸が面倒くさそうに言った。その通りであった。本当は分かっていた。毎日のように妖絡みの事件に巻き込まれているのだから、分からないほうがどうかしている。

「……嫌な予感がするんだけど」

「それは予感ではないのう。必ず訪れる現実というものだ」

「そんな現実、いらないから」

「無駄だ。おぬしは、そういう星の下に生まれている。現実から逃げることはできないのう」

うさんくさい占い師のように、唐土の仙猫が断言したときだ。

暗闇に炎が灯《とも》った。それも、一つや二つではない。葬式の提灯行列のように、たくさんの炎が揺れている。

「明るくなったのう。これは助かる」

ニャンコ丸は言うが、絶対に助かっていない。太鼓と笛の音は続いていた。

どん、どん、どん。

ぴーひゃら、ぴーひゃら。


「こっちに来たのう」

教えてもらわなくても分かる。炎の行列と音が、ゆっくりと近づいてきた。だが、まだ正体は分からない。炎が見える他は、暗闇に包まれている。

不気味だった。恐ろしかった。できることなら逃げ出したかったが、どこへ走ればいいのか分からない。走るには暗すぎる。何かが暗闇の中に潜んでいることは確実なのだから、下手に動くのは危ない。


どん、どん、どん。

ぴーひゃら、ぴーひゃら。


さらに音が大きくなった。迫ってきたのだ。たぶん、みやびのすぐそばにやって来ている。手を伸ばせば届く場所まで近づいてきたように思えた。耳が痛くなるほどに音がうるさい。

どん、どん、どん。
ぴーひゃら、ぴーひゃら。

鼓膜が破れそうだった。

「な……何なの、これ？」

耳を両手で押さえて、震える声で呟いたとき、太鼓と笛の音がピタリと消えた。そして同時に、あんなにたくさんあった炎も見えなくなった。ふたたび、みやびの視界が暗闇の黒に塗り潰された。

だが、それは一瞬のことだった。何事もなかったかのように、細い月が夜空に戻ってきた。暗闇に目が慣れたからか、周囲がよく見えた。

あってはならないものが、みやびの目に映った。見回すと、あってはならないものに囲まれていた。

「何なの、これ？」

さっきと同じ疑問の言葉を繰り返した。ただ、恐怖はなかった。怖がるより自分の目を疑った。けれど、それは消えない。見間違いでも幻でもないようだ。すると、ニャンコ丸が答えた。

「蚊帳《かや》だな」

「そう……よねえ……」

他の何ものにも見えなかった。江戸城奥の庭に、いつの間にか蚊帳が吊られ、みやびとニャンコ丸はその中にいたのであった。


日本における蚊帳の歴史は古い。『日本書紀』や『延喜式《えんぎしき》』にも記述があり、鎌倉時代の絵画にも蚊帳を吊った寝室が描かれている。ただ、このころは高貴な身分の人間が使う道具だったようだ。

庶民の間に広まったのは、江戸時代に入ってからだ。寝具の『西川』の二代目・西川甚五《にしかわじんご》が研究を重ねて、縁に紅布を付け、布地に萌黄色の染色をほどこした蚊帳を創案したと言われている。蚊帳を作るきっかけとして、こんな伝承も残っていた。

二代目が箱根越えをしていた折、疲れ切った体を休めようと木陰に身を横たえた。その時、緑色のつたかずらが一面に広がる野原にいる夢を見た。つたかずらの若葉の色が目に映えて、まるで仙境にいるようだったという。

蚊帳に入っていると、確かに仙境にいるような気持ちになる。くつろいで、ゆっくり眠ることができた。

江戸時代の女にとって蚊帳は重要なものだった。蚊帳を作ることは、男が一代に家を建てることに匹敵する大仕事とされる。家族にしてみれば、母親の愛情を感じる道具の象徴でもあった。

しかし、江戸城の庭で、突然、蚊帳に入れられても、のんびりした気持ちにはなれないし、母親の愛情を感じることはできない。

「罠よね……」

「どうかのう」

ニャンコ丸が適当な感じで言った。こんな場合でも、いい加減なことを言うのが、駄猫の駄猫たる所以《ゆえん》である。

こいつには、何の期待もしていない。また、こうしていても埒《らち》が明かない。みやびは、おそるおそる蚊帳に触ってみた。

「普通の蚊帳みたい」

「普通だろうな」

ニャンコ丸が興味なさそうに相づちを打つが、普通の蚊帳は江戸城庭に吊られていないだろう。

「意味が分からない……」

でも、いつまでも蚊帳の中にいるわけにはいかない。気色が悪いし、将軍から逃げている最中《さいちゅう》である。いつ追っ手がやって来るか分からないのだ。

「この蚊帳って、めくっても大丈夫かなあ？」

念のためニャンコ丸に聞いた。すぐに返事があった。

「何も起こらぬ」

断言した。いい加減でやる気のない駄猫だが、この言葉は信じていいような気がした。

みやびは蚊帳をめくり、ニャンコ丸を連れて外に出た——はずだった。

しかし、蚊帳の中にいた。

「……え？」

目を見開き、口をポカンと開けてしまった。

「ほれ、見ろ！　わしの言った通り、何も起こらなかったであろう！　猫大人に間違いはないのう！」

ニャンコ丸は威張っている。こうなることが分かっていたようだ。確かに、何も起こらなかったが――。

「蚊帳から出たはずなのに、どうして蚊帳の中にいるの？」

「そういうものだ」

返事になっていない。

「そういうものって、どういうものよ」

「言葉で説明するのは難しいのう。うむ、そうだ。絵を描いてやろう。わしの絵は、この世のすべてを説明できる」

本気で言っているらしく、地べたに前足を伸ばそうとしている。

「結構だから」

駄猫と遊んでいる場合ではない。きっぱりと断って、ふたたび蚊帳をめくった。そして、今度こそ外に出た。ニャンコ丸もついてきた。

ちゃんと蚊帳の外に出たはずだった。だが。

まだ蚊帳の中にいた。

「めくってもめくっても、この蚊帳からは出られぬ。そういうものなのだ」

ニャンコ丸がもっともらしい口振りで、中身のない発言をした。だから、どういうものだ？

正確には、ちゃんと出た。だけど、蚊帳から出ても、さらに新しい蚊帳が吊られているのだ。

「妖のしわざだのう」

やっと中身のあることを言ったが、それくらいは予想できる。むしろ妖のしわざでないほうが不思議だ。

聞きたいのは、そこではない。

「鬼がやっているんじゃないわよね」

「ふむ。蚊帳を吊る鬼か。聞いたことがないのう」

鬼のしわざではないようだ。

「どうやったら、ここから出られるの？」

「夜明けまで出ることができないのう」

早く逃げないと大奥に連れ戻されてしまうし、将軍の側室にされてしまう。朝まで蚊帳に閉じ込められているのも、ぞっとしない。

「何とかならないの？」

「ならないな。世の中にはできることと、できないことがあるからのう」

できないことばかりの仙猫が答えた。やっぱり、ニャンコ丸は当てにならない。

こうなったら、自分で突破するしかない。みやびは蚊帳をめくり、外に出た。だが、やっぱり新しい蚊帳が吊られていた。何度も何度も繰り返したけれど、延々と蚊帳が吊られている。頭がおかしくなりそうだった。

「安心しろ。みやびの頭は、もともと面白いのう」

さらりと「おかしい」を「面白い」に変換しやがった。どこまでも腹立たしい。安定して腹立たしい。

言い返してやりたいところだが、口喧嘩している場合ではない。

不毛な言い争いをやめて、改めて蚊帳をめくった。謎の蚊帳から脱出しようとしたのである。だが、その行為も無駄であった。

蚊帳をめくって外に出る。新しい蚊帳が吊られている。その新しい蚊帳をめくって外に出る。さらに新しい蚊帳が吊られている……。その繰り返しだ。めくっても

めくっても切りがない。

みやびはへたり込んだ。

「もう無理……」

すっかり疲れてしまった。ニャンコ丸も、足もとに転がっている。ゼイゼイ、ゼイゼイと息を切らしていた。

外にいるのに、外に出ることができない。薄っぺらな蚊帳から逃れることができない。

「ほ……本当に、夜明けになったら出られるの？」

それさえも不安になっていた。このまま永遠に蚊帳から出られないかもしれない、という不安に襲われていた。

沈黙があった。

「……」

その沈黙は長かった。

「…………」

それでも返事を待っていると、ニャンコ丸が目を逸らしながら、ポツリと言葉を発した。

「分からぬ」

さっきと答えが変わっている。疲れすぎて自信をなくしたか、あるいは、最初から適当なことを言ったのか。

後者のような気がする。その場の雰囲気に流されて、いい加減なことを言ったような気がする。こいつは、年中無休で信用できない。

「朝まで待ってみるしかないのう」

もう動きたくないのだろう。ニャンコ丸が地べたに転がった姿勢で、投げやりに言った。

みやびも疲れていた。身体もそうだが、精神的にも疲れた。将軍から逃げてきたのに、どうでもよくなっていた。

「朝まで座ってるか」

そう言ったときだった。しつこく、あの音が聞こえてきた。

どん、どん、どん。

ぴーひゃら、ぴーひゃら。

「もう、いいって」

うんざりしていた。うるさいだけで害はない、と勝手に思い込んでいたのだ。しかし、甘かった。妖を相手に、みやびの見込みは砂糖のように甘かった。


どん！　どん！　どん！

ぴーひゃら！　ぴーひゃら！


祭り囃子がいっそう激しくなり、蚊帳の外に炎の行列が現れた。百個はあろうかという炎が、蚊帳のすぐ外で燃えている。剣呑であった。

「まずいような気がするんだけど……」

「落ち着いている場合かっ!?　焼き殺される寸前だぞっ!!」

命の危険を感じたらしく、ニャンコ丸が焦り始めた。

「本気を出すしかないようだのう!!」

気合いの入った口振りで言ったはいいが、何をやるのかと見ていると、地べたをいじり出した。穴を掘ろうとしているみたいだ。突っ込みどころいっぱいであるけれど、蚊帳の外に出られない以上、穴を掘って逃げるしかないのかもしれない。もちろん間に合いはしないだろうが。

そうしている間にも、炎は迫ってくる。すぐそばまでやって来た。蚊帳が燃えないのが不思議なくらい熱かった。

「た……助けて……」

火傷しそうだ。みやびは命乞いをした。蚊帳から出してくれと頼んだ。その瞬間のことだった。聞きおぼえのある声が――間の抜けた声が、丑三《うしみ》つ時《どき》の夜空に響いた。

地獄召喚、等活地獄《とうかつじごく》。

それは、ぽん太の声だった。

とうかつ‐じごく［トウクヮツヂゴク］【等活地獄】
骨を砕かれて殺されるが、涼風が吹くと生きかえってまた同じ責め苦を受け、これを繰り返すので、その名がある。殺生などの罪を犯した者がここに堕ちるという。
（『日本国語大辞典』より）

地獄、もしくは、その一部を召喚できる妖が存在する。みやびは、その妖を知っていた。

蚊帳の中から姿は見えないが、声は彼——傘差し狸のぽん太のものだった。

「地獄召喚、等活地獄」の声とともに、涼風が吹いた。ただの風じゃない。地獄から呼び寄せた風は凄まじく、瞬きする間もなく、蚊帳と周囲の木々を上空に吹き飛ばし、木っ端微塵にしてしまった。

例によって、すぐに新しい蚊帳が生じたが、ふたたび吹き飛ばし粉々にした。涼風は容赦がなかった。

それを何度か繰り返すうちに、新しい蚊帳は出てこなくなった。すべての蚊帳を粉砕したのかもしれない。

「終わったようだのう」

「う……うん」

こうして蚊帳の外に出ることができた。みやびとニャンコ丸の前には、赤い傘を差した狸が立っている。

「もう大丈夫だよ」

と、ぽん太が話しかけてきた。助けてもらったお礼を言おうとしたが、傘差し狸の問いのほうが早かった。

「おいら、かっこよかった？」

真顔である。地獄を召喚するという恐ろしい術の遣い手だけれども、ぽん太はあまり賢くなかった。

そして、もう一つ、残念なところ――大きな欠点があった。

「ふん。かっこよくないのう」

ニャンコ丸が鼻を鳴らした。嫉妬していると顔に書いてある。その顔のまま言い放った。

「かっこいいというのは、わしのことを言うのだ」

確かに、逃げようとして地べたに穴を掘るのは、ある意味、かっこいいのかもしれない。

「そっか」

傘を差したまま、ぽん太は頷いた。皮肉ではなく、心の底から納得している。

「どうやったら、かっこよくなれるかなあ？」

「努力しても無駄だのう。虎が生まれつき強いように、かっこいい男も生まれつきだのう」

「虎の子どもは、猫と変わらないよ」

「つまり、生まれつき可愛いということだのう。わしがそうであるようにな！」

「なるほど！　納得だね！」

ぽん太が大きく頷いた。どうして、そこで納得する？

みやびが突っ込んでやろうとしたとき、音がグサッと鳴った。そして、ぽん太が悲鳴を上げた。

「おいらの傘がっ――――！」

赤い傘に枝が刺さっていた。等活地獄を召喚したときに、蚊帳と一緒に吹き上げた木々の破片が落ちてきたのだろう。

これが、もう一つの残念なところ――いわゆる一つの『ぽん太、傘壊しすぎ問題』であった。

傘差し狸の妖力は、持っている傘に宿っているらしい。傘がなければ、術を使うことはできず、地獄も召喚することができない。それなのに、ぽん太は毎日のように傘を壊していた。わざとではないにしても、不注意だった。

「ああっ――――！　命より大切な傘がっ――――！」

「おぬしの命は、ずいぶん壊れやすいのだのう。毎日、壊れておるではないか」

ニャンコ丸が的確に突っ込んだが、ぽん太は聞いていない。壊れた傘を大切そうに畳み、それから、何かに向かって叫んだ。

「おいらの傘を壊したな!!　落とし前をつけてもらうからね!!」

自分の術で壊しておいて他人のせいにするのも、ぽん太の日常であった。だが、今回は誰のせいにしているのか分からない。

「出てきなよ!!　そうじゃないと、おいら、本気で怒るよ!!」

ぽん太は喚き散らすが、どう見てもすでに怒っている。

「誰に言ってるの？」

と、みやびが質問したときだった。


ポンポコ、ポンポコ。


剽軽《ひょうきん》な音が鳴った。笑わせにきているような音である。

何の音か確かめるより早く、どろんと煙が上がり、何かが現れた。それが何なのかは、一目で分かった。

「た……狸？」

疑問形になったけれど、他の何者でもない。間違いなく狸だ。瓢簞を背中に担いだ小さな狸であった。

人間の三歳児くらいの大きさだろうか。ニャンコ丸やぽん太よりも背が低い。見れば、瓢簞には「酒」の文字があった。

「豆狸《まめだぬき》だのう」

と、ニャンコ丸が教えてくれた。

†

豆狸とは、狸の化け物で、「人に憑いて悪戯をする」、「酒蔵に棲みつく」と伝承にある。主に西日本に現れると言われているが、江戸城の大奥にもいたようだ。

ぽん太が豆狸を責める。

「おいらの傘を壊した落とし前はつけてもらうわよ！」

語尾が喜十郎になっている。影響を受けやすいようだ。豆狸が、その因縁に反応する。

「ポンポコ、ポンポコ」

と、腹鼓を打った。人間の言葉をしゃべることができないのかもしれない。

「ポンポコ！」

さっきより大きく腹鼓を打った。何やら訴えているようだけれど、みやびには分からない。だが、妖同士だからなのか、ニャンコ丸とぽん太には通じた。

「謝っておるな」

「ごめんで済んだら、御用聞きはいらないね！」

「秀次が職にあぶれてしまうのう」

「うん。路頭に迷うね！　だから、ごめんで済ましたら駄目なんだよ！」

謎の会話を交わしている。間違っているような、正しいような、それでいて絶対に間違っている理屈だった。それはともかく。

「あなた、誰？　豆狸だってことは分かったけど、ここで何をしてるの？」

みやびは直接聞いてみた。

「ポコポン！」

真面目な顔で返事をしたが、やっぱり何を言ったのかは分からない。すると、ぽん太が横から教えてくれた。

「江戸城の庭の親分狸だって」

「嘘っ!?」

大声を出してしまった。江戸城に狸が出るのは有名な話だが、その親分がこんなに小さいなんて。

「小さくとも侮れぬぞ」

ニャンコ丸が、釘を刺すように言った。相変わらず、みやびの考えていることが分かるのであった。

「狸火も狸囃子も、それから蚊帳を吊ったのも、こやつのしわざだ」

「え？　ひとりでやったの？」

「ポコポン……」

豆狸が腹鼓を打ちながら肩を竦め、疲れた顔をして見せた。

「縄張りを守るのは、親分の仕事だからね。ひとりでやるのは当然なんだよ」

これも、ぽん太の通訳だ。化け狸の世界の親分は責任が重いようである。それにしても、なかなかの凄腕の狸である。みやびは、蚊帳から出られず泣きそうになったことを思い出していた。

「では、退治しておくか」

ニャンコ丸が言い出した。本気で言っているらしく、顔がマジだ。また穴を掘って落とすつもりだろうか。

「ポンポコ！　ポコポコ！　ポコココン！」

豆狸が慌てた様子で腹を叩いた。すかさず、ぽん太が翻訳する。

「謝ってるね」

「ポコポコ！　ポコポコ！」

ペコペコと頭を下げている。

「さっきも言ったであろう。ごめんで済んだら、秀次が職にあぶれるのう！　秀次のためにも譲れぬ！」

ニャンコ丸が恫喝するように言った。理屈はメチャクチャだが、勢いがあった。こいつは攻撃されると弱いけれど、謝っている相手には強い。語気を強めて豆狸をさらに脅し付ける。

「おぬしも親分なら覚悟を決めろ！　腕の一本や二本で済むと思うな！」

ちっとも偉くないくせに、駄猫はどこまでも偉そうだ。ただ狸にあるのは前足で、腕はなかろう。これが本当のないものねだりであった。

豆狸はただでさえ小さな身体を、さらに縮めている。本気で怯えているようだ。

やがて、どことなく、ふてくされた感じで腹を叩いた。

「ポコ、ポン、ポコ、ポン」

もう一度、ぽん太が翻訳する。

「好きで親分になったんじゃないって言ってるよ」

もともとの親分狸が江戸を出てしまい、その役割を押し付けられたということらしい。

そう言われてみると、いかにも面倒事を押し付けられそうな顔をしている。

「その割には、ノリノリで攻撃してくれたのう」

ニャンコ丸は根に持っている。心の狭い駄猫であった。

豆狸は言い訳をする。

「ポンポコ、ポコポコ」

「縄張りを守るのも親分の務めだから、とりあえず頑張ってみたんだって。悪気はなかったみたいだよ」

「ポンポコ……」

「もう親分は嫌だって」

それはそうだろう。仕事を押し付けられ、頑張ってみたところ、地獄を召喚する狸に負け、さらに性格最悪の駄猫にいじめられているのだ。しかも、仲間の狸たちが助けに現れる気配はない。

だんだん、かわいそうになってきた。

「ポコポコ……」

「親分を辞めて、普通の豆狸に戻りたいって」

普通の豆狸が何なのかは不明だけれど、その気持ちは理解できる。妖でも人間でも、上に立つものは心労が多い。

みやびが同情していると、そんな心労を感じそうにないぽん太が、あっけらかんとした口振りで言い出した。

「おいらが親分になってあげようか？」

「ポン？」

豆狸が顔を上げた。

「親分を代わってあげてもいいよ」

その言葉を聞いた瞬間、しょんぼりしていた豆狸の顔に生気が戻り、力いっぱい腹を叩いた。

「ポンポコ!!」

全力で頷いていた。翻訳してもらわなくても、何を言っているのかは分かる。ぽん太の申し出を喜んでいるのだ。

ぽん太のことだから、ほんの思いつきで言ったに決まっているのだが、冗談にはしなかった。もしくは冗談を実行することにしたようだ。妙な節を付けて、歌うように言った。

「決まりだね！　今から、おいらが親分！　あんたの親分！」

「ポンポコ！　ポンポコ！　ポンポコ！」

豆狸が、拍子を取るように音を出した。文字通りの太鼓持ちであった。ニャンコ丸が交じりたそうな顔をしている。

しばらく騒いでから、ぽん太が話を進めた。

「他の狸たちに紹介してくれる？」

「ポコ！」

「最初が肝心だから、ビシッと言わないとね」

「ポン！」

そして、去っていこうとする。こっちを見ようともしなかった。みやびは、ぽん太を呼び止めた。

「ちょっと待って。ええと……行っちゃうの？」

寂しい気持ちになっていたのだ。いろいろ突っ込みどころのある狸だが、それでも仲間だと思っていた。雨の日も風の日も一緒にいた。助けられたことも多い。両親を失ったみやびには、ぽん太は家族のような存在だった。

しかし。

「うん。神社、燃えちゃったからね」

傘差し狸は、薄情であった。そして、そこに便乗しようとするものがいた。

「わしも一緒に――」

「間に合ってるってさ！」

さっきより返事が早かった。即答である。ただ、豆狸は腹を叩いていないような気がするが、見落としたのだろうか。

「じゃあ、おいら行くから」

「おい、ぽん太――」

ニャンコ丸が呼び止めようとするが、拒否られた。

「『ぽん太さま』だよ！　おいら、お城の狸の親分なんだから、気安く呼ばないでもらいたいね！」

「お……おぬしというやつは……」

「もう二度と会わないと思うけど元気でね！　元気じゃなくてもいいけど！　元気じゃないほうがいいけど！」

まるで捨て台詞であった。ニャンコ丸のことが嫌いだったのだろうか。

唖然とする唐土の仙猫を尻目に、ぽん太は改めて歩き出したが、ふいに足を止めて、みやびを見た。

「あ、そうだ」

何やら思いついたようだ。さすがに別れの挨拶をするつもりなのかと思っていると、壊れた傘をポンと放り投げた。

「それ、捨てておいて」

命より大切な傘ではなかったのか？

「みやびは元気でね！」

喜ぶべきか悲しむべきか分からない言葉を残して、ぽん太と豆狸は築山のほうに行ってしまった。今度は立ち止まらず、振り返ることすらしなかった。

妖であるぽん太とは、いずれ別れの日が来るとは思っていたが、ひどい別れ方であった。

ニャンコ丸が負け惜しみのように言った。

「どうせ、すぐクビになるのう」

とにかく、これで江戸城から脱出できる。少なくとも、狸に邪魔されることはないだろう。

「長谷川さまに相談して出直さないと」

緩んだ空気を引き締めるように、みやびは言った。いったん町に帰ってから、ふたたび九一郎をさがしに大奥へ戻って来るつもりだった。

「その必要はないようだな」

ニャンコ丸が、静かに言った。必要がない？

「このにおいに気づかぬのか？」

「におい……？」

おうむ返しに呟きながら、鼻を動かした。微かに漂う梅の花の香りを感じた。

——おかしい。

梅雨時に梅の花の香りはおかしい。梅は早春に花を咲かせ、この時季には結実しているはずだ。仮に、季節外れにほころぶ梅の花があったとしても、唐突に香ってくるのは不自然だ。

「これって……」

「紅梅だのう」

ニャンコ丸は断言した。においだけで花の色が分かるはずもないのに、はっきりと言ったのだった。仙猫の言葉は終わらない。

「狙いは、みやびだのう。厄介なぽん太がいなくなるのを待っていたようだな」

「わたしが狙い？　何のこと？」

質問したが、ニャンコ丸は答えなかった。その代わり、警告するように言った。

「来るぞ」

その瞬間のことだ。

ぐにゃり――――

――――と、目の前の景色が歪んだ。

みやびは、目眩を覚えた。足もとが揺れているように思えた。立っていられなくなるほどの目眩だった。

我慢できずに目を閉じると、それを待っていたかのように、美しい声が聞こえてきた。

オン・アボキャ・ベイロシャノウ
マカボダラ・マニハンドマ
ジンバラ・ハラバリタヤ・ウン

光明真言《こうみようしんごん》だ。

これを誦すると、仏の光明を得てもろもろの罪報を免れると言われている。庶民でも、これを唱える者は多い。

真夜中の江戸城庭で光明真言が聞こえてくるのは奇妙だが、そんなことはどうでもよかった。問題は、これを唱えている声だ。みやびは、この声を知っていた。何度も何度も聞いている。この声の主をさがして、ここまでやって来た。

まだ目眩は続いていたけれど、もう目を閉じてはいられなかった。みやびは目を開けて、声の主の名前を口にしようとした。

「くいちろ――」

だが、言えなかった。遮るように、いっそう大きな声が響いた。

臨・兵・闘・者・皆・陣・列・在・前

九字《くじ》――護身の秘呪として用いる九個の文字であった。

これを唱えながら、指で空中に縦四線、横五線を書けば、どんな強敵も恐れるに足らないと言われ、「九字護身法」、「九字を切る」と呼ばれることもある作法だ。

もともと唐土（中国）の道家で行われていたものだが、我が国の陰陽師や修験者《しゅげんじゃ》などもこの呪文を用いる。拝み屋の看板を掲げていたあの人も、これを使っていた。

急に温度が下がったような気がする。いや、気のせいではない。真冬とまではいかないが、春先の寒さを感じた。

何かが起こる。

何かが起こっている。

「覚悟しておけ、みやび」

ニャンコ丸の声が、また耳に届いた。その刹那、

「ぱんッ!!」

と、玻璃《はり》が割れるような音が響いた。その音は澄んでいて、地の果てまで通っていくようだった。

割れたのは瑠璃ではなかった。

暗闇が割れた——みやびには、そんなふうに見えた。いつの間にか目眩は治り、地べたも揺れていない。

そして、彼が現れた。

一見すると、女だ。

白地に紅梅をあしらった着物を着て、髪は腰まで伸びていた。ただ、黒髪ではなく、銀色に輝いていた。異国の宝石のように艶やかで美しい髪だ。

それ以上に、みやびの目を奪うものがあった。


鬼の角。

般若の面を思わせる角が、額から突き出していた。

女のように見える。眼球は血のように赤く、人ではないように見える。

しかし、その人影の正体は九一郎だ。みやびには分かった。九一郎が現れたのだ。

「油断してはならぬぞ！」

ニャンコ丸が言ったが、その声は頭の中を素通りしていった。彼が何か言ったが、それも聞いていなかった。

「九一郎さま」

みやびは、すがるように名を呼んだ。ずっと会いたかった男の名前を呼んだ。返事をして欲しかった。「みやびどの」と呼んで欲しかった。

だが、人影は返事をしなかった。みやびの名前も呼ばない。ただ、赤い眼球でこっちをじっと見ている。

†

月光に照らされた紅梅。

梅雨時の江戸城庭にはないはずの紅梅。

女拝み屋を取り囲むように、禍々しいほどに鮮やかに咲いていた。存在しなかったはずの花が咲いている。

その香りのせいだろう。忘れたはずの記憶がよみがえった。


「京で一番の美人」

と、噂されたこともある母は、自分の部屋に花を絶やさなかった。春になると、紅梅を飾っていた。

あるとき、妹が母に質問をした。

「白梅は飾らないの？」

「白は嫌いなの」

「ふうん。千里《せんり》は、白のほうが好きだけど」

「あなたも紅《あか》が好きになるときが来るわ」


紅が好きになるとき。

その瞬間が、自分に訪れているのだろうか？　女拝み屋には分からなかった。そもそも、そう言われたのは妹だった。

（千里）

急に名前が思い浮かんだ。目の前にいる娘――早乙女みやびによく似た面差しをしていた。

しかも、みやびはただの娘ではない。鬼斬りの子どもだ。放っておけば、必ず自分に仇をなす。害をなす。

(……殺せ)

誰かが、女拝み屋に命じた。知らない女の声のようでもあり、自分の声のようでもあった。頭の奥から聞こえてくる。

「お……おまえは――」

鬼斬りの娘に話しかけようとした。

その瞬間、早乙女みやびがその名前を口にした。

「九一郎さま」

はっきりと、そう言った。女拝み屋にそう呼びかけてきた。


ずきん、ずきん。

頭が痛んだ。消えたはずの頭痛がぶり返した。額が熱を持ち、眼球の奥が破裂しそうなほどに疼く。

瞼を閉じて耐えていると、ふたたび、あの声が聞こえた。

鬼斬りの娘を殺せ。

早乙女みやびを殺せ。

逆らえば、今以上の頭痛に襲われると分かった。頭が割れてしまう。眼球が破裂してしまう。命令に従うしかなかった。

こうなることは分かっていた。だから、連中を呼んである。女拝み屋は、振り返りもせず背後の闇に命じた。

「……やれ」

「御意」

声とともに、妖たちが現れた。返事をしたのは、土蜘蛛の土影だった。その背後には、古籠火《ころうか》や狂骨、さらに恐ろしい姿をした鬼たちが控えていた。早乙女みやびを殺すために、百鬼《ひゃっき》を召喚したのだった。

†

「どうして……」

みやびは、頭が追いつかなかった。どうして、九一郎が大奥にいるのかが分からず、女の格好をしているのかも分からない。

「……やれ」

と、九一郎が言った。いつの間にか、妖たちが闇に控えていた。百鬼を使って、みやびを殺そうとしているのだ。

頼りになりそうなぽん太は行ってしまった。まともな武器は持っていない。武家の娘として懐剣を身につけてはいるけれど、そんな小さな刃で太刀打ちできるとも思えなかった。

しかも、みやびは懐剣の存在を忘れていた。身の危険もどうでもよかった。彼のことだけを考えていた。

「九一郎さま!!」

みやびは名前を呼んだ。さっきより大きな声で叫んだ。九一郎が正気を失っていると思ったのだ。

「九一郎さま!!」

何度でも呼びかけるつもりだったが、鞭を打つように怒鳴り返された。

「うるさい!!　黙れ!!」

そして、九一郎は百鬼に目をやる。

「鬼斬りの娘を生かしておくな!!　かかれ!!　さっさと殺せ!!　早くしろ!!」

憎悪さえ感じられる声で、捲し立てるように命じた。心の底から、みやびを憎んでいる。

「御意!!」

百鬼が恐ろしい声で返事をし、こっちに向かってきた。緩慢とも思える動きで距離を詰めてくるが、気づいたときには囲まれて、逃げ場を塞がれていた。確実に、自分を殺しにきている。

みやびは逃げることもせず立ち尽くしていた。

（終わりだ……）

ただ、そう思った。身体が動かなかった。百鬼が怖かったせいばかりではない。九一郎に憎まれていると思っただけで、心と身体が凍りついた。生きる気力を失いかけていた。

そのとき、足もとから声がした。

「終わっておらぬのう」

ニャンコ丸だ。唐土の仙猫が、聞いたこともない静かな声で語りかけてきた。

「おぬしの寿命は、まだ終わっておらぬ」

「そう言われても……」

百鬼は、目の前に迫っている。完全に取り囲まれていた。たとえ気力が残っていたとしても、逃げることはできないだろう。

「逃げる必要はないのう」

ニャンコ丸が言い、しっぽで地べたを一度だけ叩いた。ただ、それだけのことなのに――揺れたわけでもないのに、いくつかの紅梅の花びらが散った。そして、その花びらたちは、この場から逃げるように空に舞い上がっていった……。

いつもの駄猫と雰囲気が違う。何かが起こりそうな気配があった。百鬼が足を止めたが、ニャンコ丸はそっちを見もせず、離れた場所に立っている彼に声をかけた。

「おぬしによいものを見せてやろう」

九一郎の返事を待たず唐土の仙猫が、地べたに言葉を落とした。その言葉は、なぜか聞いたとたん漢字に変換された。

「封《ふう》」


地べたが光った。

いや、そうではない。

光ったのは、地べたの絵だった。目を凝らすと、足もとに二つの勾玉が組み合わさったような絵が描かれていた。

「いつの間に……？」

「さっき、蚊帳の中で描いたのだ」

「え？　穴を掘っていたんじゃなかったの？」

「おぬし……。もしや、わしを本格的なバカだと思っておるのか？」

もしやではないのだが、言わないのも優しさだろう。それに、こんなことを話している場合ではない。百鬼に殺されかかっているのだ。

「大丈夫だ。もう終わるのう」

ニャンコ丸が、のんびりした声で言ったときである。みやびに襲いかかろうとした百鬼が、音もなく地べたに描かれた絵に吸い込まれていった——。

一瞬の出来事だった。百鬼が跡形もなく消えてしまったのだ。地べたに描かれた絵に食われたようにも見える。

「え……ええっ!?」

みやびは驚いた。ニャンコ丸が術を使ったということは理解できたが、こんな技を使えるなんて知らなかった。

そう言えば、廃神社が燃えたときも、豆狸の蚊帳に閉じ込められたときも、ニャンコ丸は地べたをいじっていた。砂をぶつけようとしていたのでもなく、穴を掘っていたわけでもなかったのだ。

衝撃的だった。

知らなかった。

「能ある鷹は、何とやらというやつだのう」

ニャンコ丸が威張っている。その姿は、いつもの使えない駄猫だった。

「能あるぶたは真珠を隠す」

「うむ。地べたを掘って隠して……。誰が、ぶただっ!? わしは味噌漬けになるのかっ!?」

中身もいつも通りだ。どんな場面でも真剣にならないのが、ニャンコ丸である。

みやびは少し落ち着き、改めて質問をした。

「この絵は？」

「太極図《たいきょくず》だ」

言いたくて仕方がなかったようだ。大張り切りで説明を始めた。

「天地自然之図《てんちしぜんのず》」

または、

「陰陽魚」

などと称されるものだという。本来、白と黒の勾玉のような意匠で描かれ、唐土では魚の形に見立てられているらしい。

「太極は万物の根源であり、ここから陰陽の二元が生ずる」

唐土の仙猫の話は難しかった。みやびには意味が分からない。それでも、とりあえず聞いてみた。

「みんな、死んじゃったの？」

九一郎の放った妖たち——百鬼の行く末を質問した。ニャンコ丸の術により、この世から消滅してしまったように見えた。

「消してはおらぬ。太極図に閉じ込めてあるだけだ。わしの気が向いたら出してやってもよいのう」

「気が向いたらって——」

さらに問おうとしたとき、甲走った女の声が響いた。

「おのれっ!!」

九一郎だった。般若のような顔で、みやびとニャンコ丸を睨んでいる。今にも殴りかかってきそうだった。

とんでもない術を見たばかりだからだろうか。それとも、いつもと変わらぬ間の抜けたニャンコ丸のおかげだろうか。

さっきよりも、みやびは落ち着いていた。

(九一郎さまの声じゃないような……)

今さら、そんな違和感を覚えた。九一郎にしか見えないけれど、それはみやびの勘違いで、実際には別人なのだろうか?

「いいところに気づいたのう。みやびにしては上出来だ。これは九一郎だが、九一郎ではない」

ニャンコ丸が、またしても意味の分からないことを言った。それから、般若のように殺気立っている九一郎の顔を見て呟いた。

「ふむ。まだ間に合いそうだな」

何を独り合点しているのか分からなかったが、質問している暇はなかった。九一郎が爆発したのだった。

「仙猫も、鬼斬りの娘も殺してくれるっ!!　バケモノども、死ぬがいいっ!!」

そう叫ぶなり、どこからともなく薙刀を取り出し、恐ろしい顔で斬りかかってきた。眼球が紅くなり完全に鬼と化している。

「どっちがバケモノだ？　まあ、みやびはバカ、バカモノだがのう」

この期に及んで、ニャンコ丸はふざけたことを言っている。殺される寸前だというのに、まるで動じていなかった。緊張感の欠片もない。そのおかげで、みやびも落ち着いていられるという面があった。

「死ねっ!!」

九一郎が、薙刀を振り回しながら叫んだ。

「断る」

ニャンコ丸は、ふたたび地べたの太極図をしっぽで叩き、それから、自分の描いた絵に命じた。

「發《はっ》」

その刹那、九一郎の身体が吹き飛んだ。まるで馬に蹴られたように虚空を舞い、ぼろ切れのように地べたに転がった。

「……くそっ!!」

九一郎が吠えた。そのまま必死の形相で立ち上がったが、ニャンコ丸の技を食らった衝撃は大きかったようだ。膝がガクガクと震えていた。

(格が違う)

そんな言葉が、みやびの脳裏に浮かんだ。どうしようもない駄猫だと思っていたのに、ニャンコ丸は強かった。

唐土の仙猫は、冷たい目で九一郎を見た。

「ふん。愚か者が。鬼ごときが、神仙である猫大人に勝てるわけがなかろう」

言い捨てて、さらに続ける。

「この世から消してやってもよいが、おぬしには世話になったからのう。面倒だが、助けてやるとするか」

それから、もう一度、地べたに描かれた太極図をしっぽで叩いた。すると、白銀に輝く美しい太刀が太極図から飛び出してきた。

ニャンコ丸が刀を使うのかと思ったが、そうではなかった。太刀はふわりと空を飛び、みやびの手に落ちてきた。

「え？」

戸惑いながらも太刀を持った。初めて握ったはずなのに、しっくりと手に馴染んでいる。

「鬼切安綱だのう」

そんなニャンコ丸の言葉を聞いて、みやびは目を見開いた。武家なら誰もが知っている名刀だ。

平安時代の名工・大原安綱《おおはらやすつな》の作とされる太刀である。渡辺綱《わたなべのつな》が一条戻橋で女に姿を変えた茨城童子の腕をこの刀で切り落とした、という伝説も広く知られている。

「おぬしの祖先も使ったことのある刀だ」

「祖先……」

鬼斬りと呼ばれた剣士のことだろう。実在していたのか。

「宝貝《パオペエ》を貸してやってもよいが、みやびでは扱いきれぬであろう」

「ぱおぺえ？」

「唐土の神仙の武器だ」

そんなもの、扱いきれないに決まっている。そもそも、この刀だって扱いきれるとは思えなかった。

剣豪の子孫だろうと、みやびに剣術の心得はない。子どものころ、父に教えられて素振りくらいはしたことがあるけれど、ごく軽い木刀を振っただけだし、それにしたって才能があるとは思えなかった。真剣なんて持っても、自分の足を斬るのが関の山である。

天下の名刀を持てあまし、呆然と立ち尽くしていると、身の毛がよだつほどの恐ろしい声に罵られた。

「鬼斬りの娘っ!!」

九一郎だ。乱れた銀色の髪を逆立つようにはためかせ、こっちに向かって来ようとしている。

薙刀は持っていないが、額の角はいっそう突き出て、眼球が燃えるような紅蓮の赤に変わっていた。もはや人間には見えなかった。

「……九一郎さま」

みやびは弱々しく、愛しい男の名前を呼んだ。鬼切安綱を持ってはいるが、使える自信はなかった。使えたとしても、九一郎を斬りたくない。

だが、このままでは殺されてしまう。きっと八つ裂きにされてしまう。

(仕方ないか)

そう肩を落とした。九一郎に殺されるのなら仕方がない、と思った。しかし、ふいに——。

そやつは九一郎ではない。

そんな声が聞こえた。その声は近く、刀がしゃべったようにも聞こえた。しかも、その声は死んでしまった父のものに似ていた。

「九一郎さまじゃない……？」

問い返すと、鬼切安綱が返事をした。

そうだ。鬼の血に操られている。

九一郎を救いたければ、刀を構えろ。

戦え。

鬼を倒せ。

——九一郎を救う。

すべきことが分かった。気づいたときには、鬼切安綱を上段に構えていた。早乙女無刀流では、力任せに敵を打ち倒す構えとも言われている。小柄な女の取るべき構えではない上に、刀を大きく振り上げたせいで、みやびは隙だらけだ。この姿勢では、逃げることもできないだろう。

こんな構えを取るべきではない。

分かっている。無謀な構えだと知っている。だけど、構えを変えなかった。鬼斬りの名刀を上段に構えたまま、九一郎を——鬼を睨みつけた。

「今、助けます」

気持ちは固まっていた。刀の言葉が本当なら——本当に九一郎を助けることができるのなら、この命はいらない。

男は惚れた女を命がけで守るものだと言うが、女だって命を捨てても手に入れたいものがある。助けたい男がいる。

「鬼め！　退治してくれる！」

みやびは、九一郎のことが好きだった。気持ちを伝えてはいないけれど、彼を愛していた。そのために斬らなければならないものがある。

「鬼を斬るのが、わたしの役目」

自分に言い聞かせるように言うと、それが嗤った。

「斬るだと？　ふん、面白い」

紅い瞳をぎらりと光らせた。

「やってみろ。人間の女ごときが、おれを斬れるはずがない。――八つ裂きにしてくれる!!」

そして、獣のように鬼が突っ込んできた。目で追えぬほどに動きが速かった。疾風に吹かれたように枯れ葉が舞い上がった。

「食らってやろう!!」

一瞬で間合いを詰められ、九一郎の手が腕に触れた。人を食らう鬼に摑まれてしまったのだ。

だが、みやびの身体はその瞬間を待っていた。

「この世から消えろっ!!」

叫びに、刀が呼応した。

早乙女無刀流極意、角斬り。

やっぱり父の声に似ているが、違うような気もする。遠い祖先が、鬼切安綱に宿っているのかもしれない。

鬼切安綱が、雷《いかずち》のように走った。

すぱんっ――

――と、音が鳴った。

それは鬼を斬った音だった。九一郎が動きを止め、大きく目を見開いた。

「よ……よくも……」

掠れた女の声で言った。みやびを憎んでいる。殺したいほど憎んでいる。眼球の奥には、暗い炎があった。

だが、襲いかかってくる力は残っていないようだ。みやびを睨んだ顔のまま、ゆっくりと倒れた。糸の切れた人形のように、地べたに転がった。

「…………」

気の遠くなるような静寂があった。九一郎は、地べたに倒れたまま動かない。呼吸を止めてしまったように見える。魂が抜けてしまったように見える。死んでしまったように見える。

「九一郎さまっ!!」

みやびは刀を放り投げ、愛しい男のもとに駆け寄った。

どうして、こうなったのか分からない。どうして、九一郎を斬ってしまったのか分からない。

自分は、ただ恋をしただけなのに。

ただ九一郎を好きになっただけなのに。

九一郎を助けたかっただけなのに。

悪い夢を見ているんだと思いたかったが、しっかりと手に感触が残っている。人を斬った感触が、そこにあった。

何もかもが終わってしまった。この手で終わらせてしまった。大好きな九一郎を殺してしまった。

　みやびは泣きながら、九一郎のそばに跪いた。男は動かない。刀で斬られたのだから当然だ。

　九一郎を抱き締めたかったが、自分にそんな権利はない。襲いかかってきたとはいえ斬ったのだから。

（九一郎さまを殺してしまった……）

　その事実は重かった。きっと自分は二度と立ち直れないだろう。このまま死んでしまいたかった。ぼろぼろと涙を流した。膝を落として、九一郎の亡骸に謝りながら泣いた。

「ごめんなさい、ごめんなさい、ごめんなさい……」

　何度も何度も謝った。触れることもできないまま、頭を下げ続けた。九一郎の身体に触ることなく、「ごめんなさい、ごめんなさい」と繰り返した。

　しばらく、そうしているとニャンコ丸の声が耳に届いた。

「刀を粗末に扱うではないのう。おぬしの祖先の魂が宿る名刀だぞ」

　みやびの放り投げた鬼切安綱を回収したようだ。すでに刀はなかった。短い足を動かしてニャンコ丸が、すぐそばまでやって来た。そして、みやびの顔をのぞき込み、しみじみと言った。

「やっぱり、おぬしはバカモノよのう」

こんなときまで、ふざけている。みやびは、腹が立った。だいたい、こいつが刀を出さなければ、九一郎を斬ることもなかったのだ。

「うるさいっ!!」

怒鳴りつけると、ニャンコ丸が窘めるように言った。

「確かに、おぬしはうるさいのう。あまり騒ぐと九一郎が起きてしまうぞ」

「うるさいのは、わたしじゃなくて――」

そこまで言ったところで、ニャンコ丸の後半の言葉が頭に届いた。

「……起きてしまう?」

呟くように聞き返した。すると、彼の声が名前を呼んだ。

「み……みやび……どの?」

「えっ!?」

慌てて視線を落とすと、九一郎が目を開いていた。もう鬼ではなかった。髪も眼球も、艶やかな黒色に戻っている。廃神社で一緒に暮らしていたころの九一郎がそこにいた。

「ここは……どこでござるか……？」

何も分かっていないようだ。途方に暮れたような顔をしている。それでも、みやびが泣いていることに気づいたらしく、優しい声で聞いてきた。

「大丈夫でござるか？」

「九一郎さまこそ、大丈夫なのですか？」

斬った手応えがあった。無傷だとは思えなかった。

「おぬしが斬ったのは、巣くっていた鬼の魂だのう」

そう答えたのはニャンコ丸だ。見れば、前足で何かを突いている。みやびは目を凝らした。それは、鬼の角だった。九一郎の額に付いていた禍々しい角が地べたに転がっていた。

「それは、拙者の……」

九一郎も気づいたようだ。ニャンコ丸はそれ以上の説明をせず、鬼の角に向かって呟いた。


「滅《めっ》」

転瞬、鬼の角は燃え上がり、見る見るうちに灰になった。そして、どこかに散ってしまった。

「うむ。これで九一郎の鬼は退治したのう」

ニャンコ丸が呟いた。何が起こっているのか分からなかったけれど、九一郎が戻ってきたことだけは分かった。それだけで十分だった。

「九一郎さまっ!!」

みやびは、彼に抱きついた。

第四話　バケモノの子ども

江戸城庭の一件から――角を斬られてから、三日が経った。九一郎はみやびに抱きつかれた後、気を失うように眠りに落ちた。

不思議な眠りだった。寝ているはずなのに、周囲の声は聞こえ続けていた。誰がしゃべっているのかも分かった。身体が動かないだけで考えることもできた。普段と変わりなく思考が働いていた。

　このとき、九一郎は江戸城から少し離れた場所にある、商家の客間に寝かされていた。長谷川平蔵の手配りだ。いずれ取調べがあるのかもしれないが、今日のところは、九一郎が休むことのできる場所を用意してくれた。こうして、倒れたその日のうちに医者の診察を受けた。

「角を斬られ、力を失った。二日は目覚めぬだろう」

　娘医者の樟山イネの声だ。わざわざ足を運んで、九一郎を診てくれたようだ。面倒くさそうに話している。

「九一郎さまは大丈夫なんでしょうか？」

これは、みやびの声だ。九一郎のすぐそばにいるらしい。心配そうに問いかけている。イネを呼んだのも、みやびなのかもしれない。

娘医者の返事は素っ気ない。

「傷一つ残らぬ。無駄に美しい顔のままだ。これからも女の格好ができる」

倒れたとき、九一郎は女の着物を着て、しっかりと化粧をしていた。女に化けていたのだ。そのことを言っているのだろう。

ニャンコ丸の声も聞こえた。

「喜十郎の仲間が増えたのう」

「そういうことだ」

イネが適当に相づちを打った。変わらないふたりだった。だが、みやびはずっと泣いていた。

「よかった……」

嬉し泣きだった。九一郎が死んでいないことが嬉しいのだろう。みやびは、自分のことを思っていてくれる。異形となった姿を見ながら、九一郎を見捨てずにいてくれた。ずっと、そばにいてくれる。

――鬼斬りの娘。

みやびには、鬼殺しの血が流れている。そして、その血は生きていた。見事な太刀さばきで、九一郎の角を斬り落とした。

そのことを思い出した瞬間、紅梅の花が脳裏に浮かんだ。血のように紅い梅の花。九一郎の母が好きだった花だ。

頭の中の歯車が動き、やがて一つの答えを出した。

(放っておくまい)

母が――〝鬼〟が、鬼斬りの血を引く者を生かしておくわけがない。しかも、みやびの技を、九一郎の角が斬られる一部始終を見ていただろうから。

まだ何も終わっていない。

〝鬼〟が生きているかぎり何も終わらない。

最後の戦いが残っている。

†

イネの診立ては正しかった。角を斬られた二日後、九一郎は目を覚ました。起き上がることもできるくらいに回復していた。しかし、寝たふりをしていた。気づかれないように、じっと目を閉じていた。

　みやびは不眠不休で看病してくれていたが、人間は眠らずにはいられない。三日目の朝、九一郎の布団に身を預けるように寝てしまった。よほど疲れているらしく、正体もなく眠りこけている。九一郎を守っているつもりなのか、懐剣がそばに置いてあった。

　部屋には、他に誰もいない。ニャンコ丸の姿もなかった。少し前に喜十郎が顔を出したからだ。

「わたしを置いて行くなんて、師匠も姉御もひどいわ」

「おぬしを大奥に連れていったら、事件になってしまうのう」

「事件って……。師匠は、わたしを何だと思っているのよ？」

「話すと長くなるのう」

　そんなことを話していたが、みやびに「うるさい！」と叱られて追い出されてしまった。

　もちろん、それくらいで反省するニャンコ丸でも喜十郎でもなかった。

「大奥に連れていかなかった詫びというわけではないが、おぬしに面白いものを見せてやろう」

「面白いもの？　もしかして、破廉恥なものかしら」

「破廉恥と言えば、みやびが将軍に見初められてしまってのう」

「まあ、公方様に？　それって、超玉の輿じゃない」

「そうなのだが、みやびが嫌がってのう。結局、決まった相手がいると嘘をついて、将軍の側室になるのを断りおった」

「公方様に嘘？　バレたら大変よ」

「うむ。嘘を真《まこと》にするしかないのう」

「嘘を真って、そんなことができるのかしら？」

「みやびにはできぬな。わしの力でどうにかするしかないのう」

「師匠も苦労が絶えないわねえ」

　客間から離れていきながら、よく分からない会話を交わしている。それでも屋敷から出ていったのか、やがて静かになった。

　みやびが寝てしまうと、物音一つ聞こえなくなった。みやびの寝息以外は、何も聞こえない。この屋敷の人間たちは長谷川平蔵に言われているのか、九一郎の寝ている部屋に近づくこともしない。

　やがて太陽が昇った。

みやびが眠っていることを確認すると、九一郎は布団を抜け出た。それから、みやびの懐剣を持って屋敷の外に出た。

「さよならでござるよ」

声に出さず、そう呟いた。ほんの一瞬だけ、みやびと暮らしていたころの自分に戻って言った。九一郎は、彼女の前から永遠に姿を消すつもりだった。

もう二度と会うことはないだろう。

九一郎自身が、明日を迎えられるか分からなかった。

†

今年は空梅雨なのか、あまり雨が降らない。

何かの模様を描いているような雲が空にあったけれど、今日も晴れていた。お天道様が顔を出している。

町場と違い、武家屋敷のある一帯は静かだ。ましてや夜が明けたばかりで、九一郎の他に人影はない。猫の子一匹いなかった。

それもそのはずで、九一郎はひとけのない方向を選んで歩いていた。だけど、どこかに行こうとしているわけではなかった。鬼の血を引く自分は、どこにも行けない。帰る場所さえ、もうなかった。

不思議なくらい何も怖くなかった。今までは帰る場所があったから、帰れなくなることが怖かったのだ。

皆に——みやびに、鬼の血を引いていることを知られたくなかった。バケモノの子どもだと知られるのが怖かった。

初めて、みやびと会ったばかりのころのことを思い出す。

「鬼を……。ち……父と母を殺した鬼を退治してください」

嗚咽が混じっていた。顔を上げると、娘は泣いていた。

「お……お金は、いくらでも払います……。今はないけど、ちゃんと働いて払いますから……」

泣きながら頼んできた。堰が切れたように泣いている。

「拙者に任せるでござる」

そう約束した。

そう決心した。

この命に代えても、母を――〝鬼〟を殺すと決めていた。父や妹を食らった〝鬼〟を許すことはできない。

決戦のときが迫っていたけれど、今の九一郎には何の力もない。角を斬られたことで、術を使う力を失っていた。

しかも、土蜘蛛や古籠火たちは、ニャンコ丸に封じられたままだ。この世界にいるかさえ分からない。

独りぼっちだった。だが、それも自業自得だ。鬼の子どもなのだから――。バケモノの子どもなのだから――。

父と妹を失った日から、ずっと一人で生きてきた。誰とも話さなくとも平気だった。この先も、一人で生きていくものだと思っていた。

それなのに、今は独りぼっちが寂しかった。みやびやニャンコ丸たちとすごした廃神社での日々が、走馬灯のように脳裏を駆け巡っていた。

（楽しかった）

そう思ったときだ。ふいに景色が、

ぐにゃり――

――と、歪んだ。

目眩にも似た感覚に襲われた。

時空そのものが歪んだようにも感じられ、足もとがふらついた。立っていられず、倒れそうになった。しかし、それも一瞬のことだった。何事もなかったかのように目眩が治《おさ》まった。

次の刹那、九一郎は破《や》れ寺の前に立っていた。見れば、ろくに手入れをしていない梅の木が、その境内を埋め尽くすように生えている。花は咲いていなかった。

「そういうことか」

九一郎は呟き、破れ寺に足を踏み入れた。境内に入り、歩き始めると、梅の木の枝が腕に絡みついてきた。払いのけようとしたとき、手の甲に痛みが走った。切ってしまったようだ。

思いのほか傷は深く、地べたに血が滴り落ちた。ぽたり、ぽたりと音を立てて落ちる。

すると、梅の木に紅い花が咲き始めた。枯れていた枝にまで、紅い花が現れた。

地べたに滴った血を吸って、艶やかな花を咲かせたのだ。

いつの間にやら六月の空気は消え失せ、春先の風を感じた。この一瞬のうちに、季節が戻ってしまったようだ。

九一郎は驚かない。こうなることを予想していた。視線を境内に彷徨わせ、女を見つけた。荒れ果てた境内の梅の木の下に、髪の長い若い女が立っていた。

そこまでは想定していた。あの女がいると思っていた。

だが女の顔を見て、九一郎は叫び出しそうになった。記憶にある母の顔ではなかったからだ。知っている女——いや、娘だった。

——お竹。

女拝み屋だったころ、大奥で会っている。十八にもならぬ小娘ながら、将軍に寵愛されていた。野に咲くレンゲの花のように可憐な容姿をしていた。

大奥の権力者であった松島局に疎まれ、「お竹を大奥から消し去るのじゃ」と命じられた。食らってもいいとまで言われた。

九一郎は、妖の力を使って、お竹を大奥から追い出した。町に惚れた男がいて、一緒に江戸から離れたはずだった。鬼に食われたと噂を立てられたが、好きな男と幸せに暮らしているはずだった。

「あなたは――」

話しかけようと何歩か近づいて、ようやく梅の木の陰に隠れていたものに気づいた。


死体。


男の死体が転がっていた。この男も知っている。一度だけ会ったことがある。お竹の思い人だ。

お竹と一緒に江戸を離れたはずの男が、梅の木の陰で死んでいる。幸せになったはずの男が、惨殺死体と化していた。獣に噛まれたような傷痕が喉にあった。醜く抉り取られている。

獣のしわざのように見えるが、そうではない。九一郎は、そのことを誰よりも知っていた。だから、お竹の姿をしているものに聞いた。

「いつまで化けているつもりですか？」

「そうですね」

返事があった。それが合図だったのだろう。風も吹いていないのに紅梅の花びらが散り、ふいに舞い上がった。そして、瞬きの間だけお竹の姿を隠した。

何を思う暇もなかった。炎に触れた雪のように、花びらがジュッと音を立てて蒸発した。

視界を遮るものがなくなったけれど、もとのままではない。そこにいたのは、お竹ではなかった。踵にかかるまで銀色の髪を伸ばした妖艶な女だった。

この世のものとは思えぬほどに美しかった。九一郎より年上だが、年齢は分からない。ただ、目は紅く額には角があった。般若の面にあるような角だ。

〝鬼〟

父や妹、それから、みやびの両親を食らった〝鬼〟が目の前に現れ、話しかけてきた。

「会いたかったわ、九一郎」

その声は、母親のものだった。紛れもない九一郎の母が、季節外れに咲き乱れる紅梅の下に立っていた。

鬼は、人に化ける。

最も有名なのは、鬼女《きじょ》紅葉《もみじ》の伝説だろう。信濃戸隠山に棲みつき、美女に化けて人を襲ったという。平安時代中期の武将平維茂《たいらのこれもち》に退治されたと言い伝えが残っている。それを題材にした能、『紅葉狩』も有名だ。ただの偶然だろうが、九一郎の母の名前も紅葉《くれは》だった。

紅葉――〝鬼〟は、お竹に化けていたのだ。もちろん、最初から化けていたわけではあるまい。お竹が大奥に入ってきたいずれかの時点で入れ替わったのだ。

おそらく、お竹はこの世にはいない。父と妹、みやびの家族と同じように、〝鬼〟に食われてしまっただろう。

松島局は何も知らずに、お竹を亡き者にしようとした。〝鬼〟を殺そうとした。九一郎も妖たちも、〝鬼〟が化けていることに――その正体に気づかなかった。それは、仕方のない話だった。

「邪神」

と、鬼を称することがある点からも分かるように、その力は絶大なものだ。本気で化けたなら、人間はもちろん妖にも見抜けないだろう。

九一郎は鬼の血を引いているけれど、父である人間の血が濃い。母ほどの力を持っていなかった。化けることもできず、人を食らいたいと思ったこともたぶんない。

ただ、大奥に鬼が潜んでいたことに驚きはなかった。

この世を支配しているのは人間だ。強大な力を持っていようと、異形であれば退治されてしまう。鬼のほうが強いように見えるが、それは一時的なもので、長い期間で見れば人間には勝てない。実際、鬼の退治譚は腐るほど存在する。人間に殺されている。鬼の居場所は、この世になかった。

その点、大奥には将軍以外の男が入ってこない。事件が起こっても、役人の手が本格的に伸びることはなかった。鬼の棲み家としては申し分のない場所だ。あるいは、将軍を虜にして、この国を手に入れようとしたのかもしれない。

「わたしをさがしていたんでしょう」

〝鬼〟が優しい声で語りかけてきた。大好きだったころの母の声だ。幸せだったころの記憶がよみがえりそうになった。

九一郎はそれを振り払い、邪険な声で応えた。

「そうだ」

そして、勝手に借りてきたみやびの懐剣を右手に持った。鞘を払い、ぎらりと刃を〝鬼〟に向けた。

「覚悟してもらおう」

発した言葉は硬かった。身体が強張っている。今の九一郎は、ただの人間にすぎない。こうして対峙すると、倒すことができないことがよく分かる。

だが、退くわけにはいかない。勝てなかろうと、戦わないわけにはいかない。

九一郎の脳裏に思い浮かんでいたのは、みやびと交わした約束だった。

「鬼を……。ち……父と母を殺した鬼を退治してください」

「拙者に任せるでござる」

約束は果たさなければならない。九一郎は、懐剣を構えて〝鬼〟に突っ込んだ。心ノ臓を抉るつもりで走った。

「死ねっ!!」

叫んでも、〝鬼〟は動かなかった。

笑みを浮かべたまま、突進する九一郎を見ている。

九一郎は刃を突き立てた。母の胸に突き刺した。刃が〝鬼〟の心の臓を抉ったはずだった。しかし――。

かららん。

懐剣の落ちる音が響いた。〝鬼〟は無傷だった。九一郎の手は痺れていた。力いっぱい懐剣を突き立てたが、刃が押し返された。硬いのに弾力があった。人の力では、皮膚を破ることもできない。

〝鬼〟は躱すことさえしなかった。地べたに落ちた懐剣を見て、我が子を心配する母の口振りで言った。

「九一郎、危ないわよ」

「だ……黙れっ!!」

九一郎は叫び、殴りかかった。もはや、そうするしかなかった。叫ばなければ、殴りかからなければ、その場に座り込んでいただろう。

渾身の力を込めた拳が、〝鬼〟の顔に当たった。だが、微動だにしなかった。懐剣が通用しない相手を殴ったところで何も起こらないのは当然だ。痛みさえ感じていないだろう。

「親を殴るなんて悪い子ね」

〝鬼〟は寂しげに言って、右手で九一郎の顔を鷲摑みにした。逃れることはできなかった。力を込めて摑んでいるふうでもないのに、頭蓋骨がミシミシと軋み、砕けそうになった。

「あなたでは、わたしには勝てない」

そんな言葉が聞こえた。しかし、返事はできなかった。〝鬼〟が無造作に九一郎の身体を吊り上げたのだ。右手一本で九一郎の身体を持ち上げている。

頭蓋骨が痛かった。

腕一本であしらわれている自分が情けなかった。悲鳴を上げそうになったが、それだけは避けたかった。

父の仇。

千里の仇。

みやびの父母の仇。

そのどれも討つことができない。一矢報いることさえ不可能だった。

「こ……殺せ……」

押し出すように言った。次の瞬間、九一郎の身体が宙を舞った。鞠のように放り投げられた。身体の自由が利かない。受け身も取れないまま、地べたに叩きつけられた。

「ぐっ……」

とうとう苦痛の声を漏らしてしまった。激しく叩きつけられたせいで、息を吸うことができなくなった。身体がバラバラになったように痛かった。手を伸ばせば届くところに懐剣が落ちていたが、その力が残っていない。

「本当に人間になってしまったようね」

少し離れた場所から、〝鬼〟の声が聞こえた。落胆しているような声だった。

九一郎が鬼になることを望んでいたのだろうか？

「さ……最初から……人間だっ!!」

怒鳴り返したつもりだが、まともに声が出ない。もはや大声を上げることさえできなかった。舌に鉄錆の味が広がっている。地べたに強く叩きつけられたせいで、五臓六腑《ごぞうろっぷ》のどこかが破裂しかけているのかもしれない。

「違うわ。その証拠に、ちゃんと角が生えてきたでしょ？　人間なら、鬼の角が生えてくるわけがないわ」

「お、鬼の角など……どこにもないっ!!」

血を吐きながら怒鳴り返した。これだけは言っておかなければならない。そう思ったのだ。

みやびが斬ってくれた。

九一郎を人間に戻してくれた。

「……あのまま鬼になっていれば、ともに暮らせたんですけどね」

そんな言葉が落ちてきた。鬼と人は、一緒には暮らせない。鬼にとって、人は餌にすぎない。家族として睦まじく暮らしていても、いずれ破綻が訪れる。

同じことを思ったのだろう。〝鬼〟が続けた。

「あなたを二人のところに送ってあげましょう。あの世とやらで家族三人で暮らすといいわ」

父と千里のことを言っているのだ。叫びたかったが、もう、声を出すことはできなかった。何も考えることができなかった。

「わたしもすぐに行くから……」

〝鬼〟が呟いたような気がした。空耳だったのかもしれない。そして、足音が近づいてきた。急ぐでもなく、ゆっくりと歩み寄ってくる。九一郎に打つ手はない。逃げる力もなかった。死が目の前にあった。

（約束を守れなかったでござる）

昔のしゃべり方で思った。鬼の子どもではなく、浪人として生きようと決めて使い始めた言葉遣いだ。

脳裏には、みやびの顔が浮かんでいた。諦めたわけではない。諦めたいわけではない。けれど、身体が動かない。

〝鬼〟の足音が、九一郎のそばで止まった。そして、腹に鋭い痛みを感じた。〝鬼〟が爪を突き刺したのだ。

「痛みを感じるのも人の証拠ね」

鬼が痛みを感じないわけではない。だが、人ほど敏感ではなかった。

「本当は殺したくなかった。あなたと暮らしたかった」

本音を言っているように聞こえた。〝鬼〟の声とともに、爪が動いていく。少しずつ腹が切り裂かれていく。九一郎は、悲鳴を必死に呑み込んだ。できることは、それくらいしかなかった。情けない声を上げないようにすることしかできない。地べたに叩きつけられた身体は、この期に及んでも動かなかった。

〝鬼〟の声が、また聞こえた。

「大丈夫よ。あなたひとりを死なせはしないから」

意味が分からない。

口から血があふれてきた。

何度も血を吐いた。

目の前が暗くなる。痛みと絶望から意識を失いそうになる。生きることを諦めそうになる。

そのときのことだ。

パリン――

――と、玻璃が割れるような音が響いた。


六月の湿った空気が吹き込んできた。

ふいに意識が覚醒した。目の前が暗くなったのは、痛みのせいばかりではなく、この破れ寺の空気に呑まれていたせいだったようだ。

この破れ寺は、〝鬼〟が作り出した結界だ。外界とは隔絶されている。今の音は、その結界の一部が割れた音だ。

それほど強い結界を張っていなかったのかもしれない。結界が破れたことに驚きもせず、〝鬼〟が九一郎に言った。

「お友達がいらっしゃったみたいね」

返事をしたのは、人間ではなかった。

「こんっ!!」

狐の鳴き声が響いた。それから、男の声が聞こえた。

「火付盗賊改の手の者だ！　神妙にしやがれっ!!」

現れたのは、銀狐のギン太を懐に入れた鯔背な男――秀次だった。勇敢にもギン太とふたりで、〝鬼〟の作った結界に乗り込んで来たのであった。

†

秀次は、九一郎を見張っていた。九一郎は気づかなかったようだけれど、火付盗賊改の配下たちが交代で昼夜を問わず見張りに立っていたのだ。事件の関係者に人を付けておくのは当然の措置だ。

やがて、九一郎が商家を抜け出してきた。誰にも言わずに出てきたのだろう。みやびの姿はなく、一人で足早に歩いていく。

(どこに行くつもりだ？)

秀次は不審に思い、あとを追った。このとき、見張りに立っていたのは、秀次一人だった。身体が回復していないせいか、九一郎は秀次に気がつかない。

そんなふうにして歩いていくと、唐突に破れ寺が出現した。いかにも怪しそうな雰囲気の境内に、九一郎は入っていった。

「厄介なにおいがするな……」

声を殺して呟いた。みやびや九一郎と付き合っているせいもあって、これまで秀次も妖がらみの事件に巻き込まれていた。そのときと比べものにならないくらい嫌な予感がした。

だが、引き返すという選択肢はなかった。事件の結末に近づいているという予感もあったし、調子の悪そうな九一郎のことも気になった。このとき、すでに九一郎が松島局たちを殺したのではない、とみやびやニャンコ丸から聞いていた。

九一郎を連れ帰らなかったら、みやびが悲しむだろう。秀次は、みやびに惚れている。恋人になれぬ片思いだろうと、惚れた女の悲しむ顔は見たくなかった。女を泣かせるのは趣味じゃない。

「行ってみるか」

そう決めたが、最初は入ることができなかった。ただ、境内の中が見えた。〝鬼〟に殺されかかっている九一郎がいた。今にも食われそうだった。

目を丸くした。正直に言えば、怖かった。秀次は、ただの人間だ。結界を張るようなものに勝てるはずもない。

「とんでもねえのがいやがるぜ」

思わず呟くと、ギン太が返事をした。

「こん！」

狐の鳴き声にしか聞こえないが、秀次にはギン太の考えていることが分かる。話すこともできた。ギン太は懐から顔を出し、何やら背後を気にしていた。

「こん」

「いるんだな？　ただ、時間がねえ。このまま放って置いたら、九一郎さまは殺されちまう」

「こんっ！」

「そうだな、それしかねえな……。そんじゃあ、行くとするか。中に入れるようにしてくれ」

「こんっ!!」

ギン太が懐から飛び出し、破れ寺に突っ込んでいった。見かけは可愛らしい子狐だが、人間にはない力を持っている。何かに体当たりし、パリンと結界を壊したのだった。

紅梅の咲き乱れる境内で、秀次とギン太は〝鬼〟を怒鳴りつけた。

「観念しやがれ!!」

「こん!!」

バケモノの返事を待たず、ギン太がどろんと刀に変化《へんげ》した。妖刀となった。刀に化けるのは、この子狐の十八番だった。

秀次は剣術ができる。御用聞きというお役目柄もあって、強くなるべく鍛錬を積んでいた。そんな秀次がギン太の化けた刀を使うと、誰よりも強くなることができた。そこらの道場主にも負けない——。

「もう逃げられねえぜ!!」

刀を中段に構え、秀次は見得を切るように言った。隙のない構えだったはずだ。相手が人間ならば、どんな達人を相手にしても勝てそうな構えを取ることができた。

しかし、〝鬼〟は動じなかった。ギン太が結界を破ったことに驚きもしていない。

ただ、九一郎から手を離し、不思議そうな顔をした。

「逃げる？　どうして、わたしが逃げなければならないのですか？」

秀次は返事ができなかった。刀を構えて、決め台詞を口にしたものの、〝鬼〟に視線を向けられただけで、恐怖に襲われた。冷や汗が吹き出してくる。餓狼の檻に入れられたような気持ちだった。

（こいつはとんでもねえぜ）

今まで会った、どの妖とも違う。ギン太も何も言わない。刀に変化したまま震え始めていた。

相手は鬼だ。勝てないのは、最初から分かっていた。秀次の役目は、これを倒すことではない。あれがやって来るまで時間を稼ぐことだ。冷や汗を乱暴に拭い、刀に語りかけた。

「ギン太、行くぜ」

〝鬼〟との間合いを詰めようとした。

だが、その暇さえなかった。

「せっかくですから、遊び相手を呼んであげますね」

〝鬼〟は言い、手のひらを自分の口の前に置いた。いつの間にやら、一枚の紅梅の花びらがのっていた。

季節外れの紅梅の花びら。

美しい血の色をしていた。

女が、ふうっと息を吐きかけた。すると、花びらが紅色の霧に変わった。それから、その霧の向こう側に暗黒色の扉が現れた。

現実のこととは思えなかった。思いたくもない。秀次は、刀を持ったまま固まっていた。

やがて、ぎぃぃと音を立てて、その扉が開いた。湿った冷たい風が、秀次の頬を撫でた。黴《かび》のにおいがする。

いや、黴ではない。

これは、墓場のにおいだ。死人《しびと》のにおいがした。

「こん……」

ギン太が震える声で鳴いた。何かに気づいたようだ。間髪を容れず開いた扉の向こうに炎が見えた。馬の嘶《いなな》きや甲冑《かっちゅう》の音が聞こえる。何かが、こっちに向かってきていた。

逃げたかったけれど、足が動かない。

逃げたところで、逃げ切れなかっただろう。

「嘘だろ……」

秀次の声も震えた。暗黒色の扉から現れたのは、何十もの兵士だった。それも、唐土の甲冑を身につけた骸骨の兵士たちだ。

先頭にいる巨大な骸骨は、骨の馬に跨がり、一丈八尺（約五・四メートル）はあろうかという鋼矛《こうぼう》——蛇矛《だぼう》を振り回している。

「こ……この大男は……」

「『三国志』の英雄・張飛《ちょうひ》さまですよ」

〝鬼〟が教えてくれた。聞きおぼえがあった。『三国志』は江戸の町でも人気があり、浄瑠璃や歌舞伎の題材にもなっている。その物語を好む男も多い。

秀次も張飛を知っていた。劉備《りゅうび》に仕えた蜀《しょく》の武将だ。豪傑であり、その武勇は関《かん》羽《う》とともに称えられている。庶民からの人気も高い。

「張飛さまが率いているのは、髑髏軍《どくろぐん》です。遊んでもらってくださいな」

母親のような優しげな声で〝鬼〟が言った。

髑髏軍については、こんな逸話が残っている。

古い時代の唐土の話だ。

西晋の永嘉《えいか》五年（三一一）のある夜、山の上に火が起こり、住民たちは慄然とした。ただの山火事とは思えなかったからだ。

煙や火焔《かえん》が夜空を焦がすほどに高く舞い上がり、馬の嘶きや甲冑の音が響いてきた。

このころ、賊が乱を起こし、村々を荒らし回っていた。人々は、賊が襲いかかってきたと思ったのだった。賊どもは非道であった。これを退治しなければ、皆殺しにされるのは明らかだった。

迎え撃つために、人を集めて駆け向かった。決死の覚悟で山に入ったのだった。しかし、人影は見えない。賊どもはいなかった。その代わりのように、無数の火の粉が飛んでいた。だが火事になるような気配はない。腑に落ちないまま村に帰って、夜を明かした。

翌朝、ふたたび山へ行くと、どこにも火を焚いた跡はなかった。ただ、数えきれないほど多くの髑髏がそこら中に散乱していたという。

相手が『三国志』の英雄だろうと、髑髏軍だろうと戦うしかなかった。ギン太は腹をくくったようだ。

「こんっ!!」

震えを振り払うように鳴き、刃となった身体をぎらり、と光らせた。小さな相棒がその気になったのだから、秀次も情けない姿は見せられない。

「髑髏野郎《しやれこうべ》を片づけるぜ!!」

ギン太と一緒なら怖いものは何もない。自分たちは最強だと思うことができた。妖狐の力を借りた秀次は、無双の剣士と化している。

一方、髑髏軍の動きは鈍い。張飛を先頭に突っ込んでくるが、馬も人も、蛞蝓《なめくじ》のように遅かった。屍《しかばね》だからなのか――。

「ふざけてやがるのかっ!!」

秀次は刀を走らせ、張飛の左肩を斬った。張飛は、蛇矛を振るいもせず身体の一部を失って倒れた。

「こんっ!!」

「天下の張飛が、てんで弱《よえ》えじゃねえか!! 見かけ倒しかよっ!!」

大声を上げながら続けて、骸骨の馬ごと髑髏の兵士たちを叩き斬った。甲冑を着ているが、骨は脆く、簡単に斬ることができた。まるで手応えがなかった。この連中は、朽ち果てる寸前の骸なのかもしれない。

「たいしたことねえな!」

「こん!」

ふたりで笑い合った。やっぱり、自分たちは強い。『三国志』の英雄にも負けない。百でも二百でも斬れそうに思えた。

——そこまでは間違っていなかった。百や二百なら斬ることができただろう。ただ、相手は骸だった。斬っても、死者を殺すことはできない。秀次もギン太も、そんな当たり前のことを忘れていた。

ふいに圧を感じ、秀次はとっさに転がった。ぶぉぉぉんと音が鳴り、さっきまで秀次の頭があったところを蛇矛が薙ぎ払っていった。

「こん……」

ギン太の声に怯えが戻った。斬り捨てたはずの張飛の骸が立っていたのだ。蛇矛を振り回している。

立ち上がってきたのは、『三国志』の英雄だけではなかった。髑髏の兵士たちも、ゆっくりと起き上がった。骨が砕けても関係ない。両足を失っても、這いながら秀次に向かってくる。痛みを感じていないのだ。

「くそっ!!」

ギン太の妖刀を走らせた。何度も何度も走らせ、張飛を斬り伏せ、髑髏の兵士たちを蹴散らした。

だが、結果は同じだ。ぶぉぉぉんと音が鳴り、張飛の蛇矛が襲いかかってくる。骨を失っても他の骸の骨を拾い、自分の身体に強引につないで、秀次とギン太に迫ってくるのだった。

「ちっ!!」

蛇矛を躱したが、避けきれなかった。秀次の髷が斬られ、ざんばら髪になった。額が傷ついている。だらりと血が流れ、目眩がした。伝説の武器・蛇矛は、恐ろしいほどの破壊力を持っていた。頭蓋骨を砕かれるのも時間の問題だ。

「――っ!!」

もはや言葉にならなかった。体力にも精神力にも限界がある。息が切れ始めていた。

限界がきたのか、ギン太も狐の姿に戻っていた。

そして、蛞蝓のような動きの髑髏軍に囲まれた。

†

腹を裂かれかけた九一郎は、動くことができない。歪んだ視界の中で、秀次が髑髏軍に取り囲まれていた。

秀次が逃げようとすると、張飛の骸が蛇矛で行く手を塞ぐ。秀次は髷を斬られ、額から血を流し始めた。やがて心が折れてしまったのか、秀次の動きが完全に止まった。息も上がりきっている。

——勝負あった。

九一郎の目にも分かった。もはや秀次の勝ち筋は残っていない。とうとう片膝をついてしまった。

しかし、張飛はトドメを刺そうとしなかった。蛇矛を振り回し、髑髏の兵士たちに何かを命じた。

髑髏兵たちが、秀次の身体の上に乗り始めた。何十もの骸骨が、秀次に覆い被さっていく。自分たちの骸で、生き埋めにしようとしているのだ。ギン太も一緒に埋められていた。

「は、早く……っ!!」

秀次の声が聞こえたが、意味を取ることができない。苦しさのあまり、「早く殺してくれ!!」と請うているのだろうか。

助けたかった。みやびの姿が思い浮かんだ。彼女なら、友を助けようとするだろう。その気持ちは、九一郎も一緒だ。人間の身で、自分のために飛び込んできた秀次を救いたかった。だが、九一郎には力がない。〝鬼〟に叩きのめされ、立ち上がることもできずにいた。

鬼でなくなってしまったのが悪かったのか？　鬼の角を斬られなければ、秀次を救うことができたのだろうか？　それとも、鬼となった自分は、友を助けようとしないのだろうか？

……分からない。

何も分からなかった。いつの間にか、脳裏に浮かんでいたみやびの姿が消えた。

「九一郎さん」

〝鬼〟が自分の名前を呼んだ。どこまでも優しく、我が子を思う母親の声だった。

その声で語りかけてくる。

「心配しなくても大丈夫です。あなたも、お友達も同じ場所に行くのですからね」

ふたたび〝鬼〟の手が、九一郎の腸《はらわた》に伸びてきた。今度こそ、腹を割いて食らうつもりだ。分かってはいたが、どうすることもできない。

（もう終わりだ……）

力なく思ったとき、〝鬼〟の動きがふいに止まった。しゅるりと音が聞こえたような気がした。九一郎は、この音を知っていた。

（まさか）

そう思いながら目だけで見れば、〝鬼〟の腕に糸が巻き付いていた。白く細い糸が遠くから伸びていた。弾力があるのか、〝鬼〟が腕を動かしても切れない。その糸には、見覚えがあった。

やはり、あの糸だ。

〝鬼〟は慌てるでもなく、九一郎に話しかけてきた。

「またお友達ね」

信じられなかった。あれが現れたというのか？　痛みを忘れて顔を上げようとしたとき、九一郎を嘲笑う声が聞こえた。

「ざまあねえな」

紅梅の木の陰に、盗人のような黒装束を身につけ、額に白い鉢巻きをした少年が立っていた。

髪は長いが、背丈は低く、十五、六にしか見えない。そのくせ、話し方は大人びていて、生意気そうな顔をしている。やたらと目付きが悪かった。九一郎を蔑むように見ている。

「……土影？」

九一郎は、その少年の名前を言った。正確には、少年でも子どもでもない。そもそも人間ではなかった。

――土蜘蛛の土影。

伝説の大妖怪だ。鳥山石燕の『今昔画図続百鬼』では、蜘蛛の姿をした妖怪として描かれているが、その正体は大和朝廷に異族視された種族であるという。

また、『日本書紀』では「狼の性、梟の情」を持つとされている。いわば札付きの悪妖怪であり、その気になれば、江戸を壊滅に追い込むこともできるだろう。

そして現れたのは、土蜘蛛だけではなかった。

「九一郎さま、遅くなりました」

丁寧な男の声が聞こえた。破れ寺の片隅に、苔むした石灯籠があり、その上に鬼が座っていた。しゃべるたびに、赤い炎を吐いている。

「古籠火……」

と、ふたたび呟いた。彼も伝説の妖怪であった。鳥山石燕の『百鬼徒然袋』には、こう説明されている。

古戦場には汗血《かんけつ》のこりて鬼火となり、あやしきかたちをあらはすよしを聞《きき》はべれども、いまだ灯籠の火の怪をなすことをきかずと、夢の中におもひぬ土蜘蛛と双璧をなす妖力の持ち主だった。

その他にも、狂骨や九尾狐、一つ目、三つ目、雲を突くような大男、一本足の化け物たちがいた。

魑魅魍魎《ちみもうりょう》。

百鬼。

九一郎配下の妖たちであった。だが、呼んだ覚えはない。力を失った九一郎には、呼ぶことができない。そもそも、ニャンコ丸に封印されたはずだった。

「……どうして、ここに？」

「ふん。てめえが殺されそうだって聞いて、嗤いに来てやったんだよ」

返事をしたのは、土蜘蛛の土影だ。しかし、その顔に笑みはなかった。

「情けなさすぎて笑えねえぜ」

吐き捨てるように言って、〝鬼〟を睨んだ。土影の目の奥には、冷たい炎が見えた。

怒っていた。本気で怒っていた。そして、その怒りは〝鬼〟に向けられている。

「笑えなくなった落とし前をつけてもらおうか」

恐ろしい声で静かに言った。震え上がるような声だった。しかし、〝鬼〟は平然としていた。

「乱暴なお友達ね」

子どもをあやすように言って、それから、自分の腕に絡みついている糸に息を吹きかけた。

ふうと軽く吹いただけなのに、蜘蛛の糸は燃え上がり、あっという間に灰になってしまった。

「このバケモノめ」

土影が舌打ちすると、〝鬼〟は肩を竦めた。

「お互いさまでしょう」

「てめえみてえな人食いと一緒にするんじゃねえっ！」

吠えるように怒鳴りつけ、

しゅるり――

――と、白い糸を右手から発射した。

糸は生き物のように飛び、〝鬼〟の身体に巻き付いた。一瞬のうちに、蚕《かいこ》の繭のような姿にしてしまった。何重にも蜘蛛の糸が巻かれている。これでは、さすがの〝鬼〟も身動きが取れないだろう。

土蜘蛛は攻撃の手を緩めない。仲間に声をかけた。

「古籠火、燃やしてやれ」

「おう」

石灯籠に座る鬼が、赤い炎を吐き出した。それは、鉄砲の弾を一瞬で溶かしてしまうほどの高温の炎であった。宙を舐めるように、ゆっくりと炎が〝鬼〟に向かっていく。

その一方で、狂骨たちが髑髏軍を蹴散らしていく。襤褸《ぼろ》切れが舞うように、骸どもが投げ飛ばされた。

秀次とギン太の姿が露わになった。ぐったりしているが無事だった。意識もあるようだ。

「……助かったぜ」

「……こん」

ふたりが礼を言う声が聞こえたとき、古籠火の放った炎が土蜘蛛の糸に引火した。高温の炎が、繭ごと〝鬼〟の身体を包んだ。

火柱が上がったが、繭はぴくりとも動かなかった。

（〝鬼〟を倒した！）

九一郎を除く、この場にいる全員がそう思った。鉛の弾丸を溶かすほどの炎に焼かれているのだから――。

「たいしたことはねえな」

土影が火柱を見ながら言った。唇の端を歪めるようにして笑っている。だが、勝ち誇るのは早かった。繭が燃え尽きたとき、それが分かった。

「な……何だと!?」

札付きの悪妖怪であるはずの土蜘蛛の上げた声は、まるで悲鳴のようだった。驚き、怯えが混じっている。

繭が燃え尽きたところに、〝鬼〟が立っていた。しかも、あれほどの炎に包まれながら、その身体には、火傷一つ負っていない。それどころか、着物も髪も無事だった。何事もなかったかのように立っている。

「もう終わりですか？」

〝鬼〟に問われた。退屈そうな顔と声をしていた。土蜘蛛と古籠火の攻撃は、無意味だったのだ。

「こ……このバケモノっ!!」

いつも冷静な古籠火が叫び、灼熱の炎を連射するように吐いた。いくつもいくつも放った。この世のすべてを燃やし尽くそうとしているかの攻撃だ。ここが町中だったなら、取り返しのつかない大火事が起こっていただろう。

しかし。

「同じことを言わせないでくださいな。バケモノは、お互いさまでしょう」

〝鬼〟は平然としていた。炎を避けることさえしなかった。古籠火の炎が命中しても、その様子は変わらない。

灼熱の炎の連射を全身に受けながら、静かに立っている。古籠火の攻撃は、銀色の髪や艶やかな着物を焦がすことさえできなかった。

「あちらも終わりそうね」

何事もなかったように呟いた。狂骨たちのことだった。髑髏軍と戦っていた妖たちも危機を迎えていた。張飛が動いたためだ。

無造作に蛇矛を振った。ぶぅんと鼓膜に響く音が鳴り、妖たちが吹き飛び、狂骨の身体はバラバラになった。

この破れ寺は〝鬼〟の作った世界だ。もともとの力の差もある上に、そんな場所で勝てる道理がなかった。

「わざわざ傷つきにやって来るとは、愚かなものですね」

〝鬼〟が哀れむように言った。強者の余裕なのか、心の底から同情しているようだった。しかし、逃がす気はないようだ。

「決着をつけるとしますか。張飛さま、そちらの始末はお願いしますね」

静かな声で命じた。九一郎は、血の滲むほどに唇を噛んだ。

（みんな、死んでしまう）

妖たちだけではなく、秀次やギン太まで巻き込んでしまった。自分が死ぬのは構わない。とっくに覚悟はできている。

けれど、秀次やギン太、そして土影たちを死なせたくなかった。命に代えても助けたい。みやびのように、友を助けたい。

すると、その土影が悪態を吐くように言った。

「弱えくせに、くだらねえことを考えてんじゃねえよ。てめえのことだけ考えろ。おれらを助けようなんて生意気なんだよ」

そして〝鬼〟の前に立った。古籠火もそれに倣う。

「ここは我らに任せて、お逃げください」

すでに落ち着いている。覚悟を決めた口振りだった。身を挺して、九一郎を逃がすつもりなのだ。

「ど……どうして？」

こんな自分のために命を賭ける理由が分からなかった。もはや九一郎は力を失っており、妖を従わせることはできないはずだ。

言葉にしなくとも、考えたことは伝わる。土影が、九一郎を罵るように言葉を返した。

「自惚れんじゃねえ!! 今までだって、おめえに従っていたつもりはねえんだよ」

「従っていなかった……？」

術によって使役されていたのではなかったのか？ すると、土影が鼻を鳴らした。

「おめえの術なんぞにかかるかよ」

「その通りですぞ」

そう返事をしたのは、古籠火だ。

「鬼であろうと人間であろうと関係ありませぬ。我らはおのれの意思で、九一郎さまをお守りしております」

「おのれの意思で？」

問い返すと、ふたたび土影が口を開いた。

「おめえと一緒にいるのは悪くねえからな。力がなかろうと、九一郎は九一郎だ。

――分かったら、さっさと行け!!　こんなところで死ぬんじゃねえ!!」

しかし、九一郎を逃がすことはできなかった。〝鬼〟が音もなく動き、土影と古籠火の頭を鷲摑みにしたのだった。

「いつまで話しているんですか？」

ふたりは逃げることができない。ミシミシと頭蓋骨が壊れていく音が聞こえた。

このまま頭を砕かれると思ったときだ。


「ははははは」


笑い声が聞こえた。秀次だ。髑髏軍に襤褸切れのようにされながら、心の底から愉快そうに笑っている。

そんな秀次を怪訝そうに見て、〝鬼〟が問いかけた。

「恐怖でおかしくなったのですか？」

「おかしくなるのは、これからさ」

意味ありげに答え、ゆっくりと笑みを消した。腕利きの御用聞きの顔になって、子どもに道理を説く寺子屋の師匠のような口振りで言った。

「おれたちは、全員が前座なんだよ。あんたみてえなバケモノに勝てるとは、最初から思っちゃいねえ」

この瞬間、九一郎は秀次の意図に気づいた。勇気はあるけれど、決して無謀ではない御用聞きが、ここに乗り込んできた理由が分かった。結界を割って道を作った理由も分かった。

勝ち目のない喧嘩を挑んだわけではなかったのだ。いや、喧嘩でさえなかった。ただの時間稼ぎだ。

だが、〝鬼〟は分からなかったらしい。

「前座……？　何を言っているのですか？」

「あんた、鈍いな。封印されたはずの妖たちを見た瞬間に気づくもんだぜ。あれが、もうすぐ来るってことにさ」

その通りだ。土影たちは、恐ろしい術によって太極図に封じ込められていた。それが、ここにいるのだ。

「おれは限界だ。あとは頼むぜ」

さっき、ギン太が結界を壊したあたりに向かって、秀次が声をかけた。ちょうど、人影が入ってくるところだった。

「〝鬼斬りの娘〟を呼んだのか？」

「みやびじゃねえ。もっと怖いやつさ。覚悟するがいい」

その返事を聞いて、〝鬼〟が顔を歪める。秀次が追い打ちをかけるように言った。

「真打ち登場ってとこだな」

その人影は、化粧をしていた。そして、襤褸切れのようになった秀次を見て、独り言のように呟いた。

「狐の親分ってば、ずいぶんやられちゃったのね」

女言葉だが、男の声だ。

破れ寺に現れたのは、なんと喜十郎だった。

毒蛇の喜十郎が真打ちなのだろうか？

†

「こ……こんっ!!」

ギン太は悲鳴を上げそうになった。いや、実際に上げたのかもしれない。喜十郎を見て絶望していた。

（なんで、こいつが!?）

話が違う。考えていたことと違う。だいたい、役者が違う。違う。違う。こいつじゃない。喜十郎のために時間を稼いだんじゃない。

ギン太は焦ったけれど、秀次は笑っていた。その笑みを浮かべたまま疲れたようなため息をつき、問いかけた
「相棒を替えたのか？」

それは、喜十郎への質問ではなかった。

「こやつは相棒ではないのう。下僕だ」

聞きおぼえのある間の抜けた声が返事をした。よく見れば、喜十郎の肩に大きなぶたらしき影が乗っている。もちろん、ぶたではない。秀次もギン太も、こいつが現れるまでの時間稼ぎをしていたのだ。

（もっと早く来い）

もう少しで死ぬところだった。張飛の骸や髑髏兵に息の根を止められるところだった。

「こんっ！」

ギン太は、文句を言った。ふたりが待っていたのは、唐土の仙猫・ニャンコ丸だった。結界を破る前に、こっちに向かってきている影に気づいていた。近づいてきていることは、秀次にも伝えてある。

そのニャンコ丸が、重そうな身体を喜十郎の肩に載せて、ようやく登場したのであった。

だが戦い始める素振りはなく、〝鬼〟を見ようとさえしない。喜十郎と会話を交わしている。

「師匠、下僕なんて……」

「ん？　嫌なのか？」

「まさか。超す・て・き」

「うむ。そうであろう」

間抜けであった。お笑い担当のふたり組であった。頭が痛くなってくる。皆殺しにされそうな場面なのに、緊張感の欠片もない。みやびがいないせいで野放しになっている。

「いいから助けてくれ!!」

秀次が、痺れを切らしたように大声を上げた。男伊達の罔っ引きも、このふたりの前だと調子がくるうみたいだ。

「九一郎さまが殺されちまうぜっ!!」

「ふむ」

ニャンコ丸が、ようやく九一郎を見た。もったいぶったように少し黙ってから、偉そうに言った。

「助けてやってもよいぞ」

そして、にゃんぱらりんと喜十郎の肩から飛び降り、腹を切り裂かれそうになっている九一郎に向かって、謎の交換条件を持ち出した。

「助けてやる代わりに、みやびと結婚しろ!」

「……は?」

九一郎が目を丸くした。当たり前である。唐突である上に、この状況で言うことではない。

「将軍に決まった相手がいると言ってしまったのだ! 誰もおらぬのに、嘘をついたのだぞ! 生まれてこの方、恋人のいたことのないみやびに、決まった相手などいるかっ!!」

なぜかキレている。そんなニャンコ丸の言葉に、喜十郎が同情した顔で相づちを打った。

「姉御ってば、非モテねえ」

「うむ。筋金入りの非モテだ。徹底的にモテぬ!!」

唐土の仙猫が断言した。九一郎は黙っている。話についていけないのだろう。当然だ。すると何をどう解釈したのか、ニャンコ丸が慌て始めた。

「結婚が無理なら、団子をおごってくれ!!　一つでいい!!　何なら半分でもいいのう!!」

必死であった。みやびの結婚より団子のほうが重要であるらしい。ギン太は突っ込みたかったが、いろいろな意味で気力がなかった。ニャンコ丸の相手は、本当に疲れる。

そう思ったのは、ギン太だけではなかったようだ。

「……こいつに任せて大丈夫なのか？」

土蜘蛛が、もっともな疑問を口にした。それがいけなかった。ニャンコ丸がそっちを見た。

「おぬし、なかなか男前よのう。土影とやら、みやびと結婚せぬか。今なら半額でよいぞ」

とうとう、みやびの大安売りを始めてしまった。半額の意味が分からない。ただ、こんな状況でも秀次に声がかからないのが哀れだった。ギン太は同情し、土蜘蛛が呆れたように口を噤んだ。何を言っても無駄だと悟ったのだろう。その様子を見て、ニャンコ丸はふたたび勘違いする。

「みやびは人気がないのう」

と、ため息交じりに嘆いたのだった。みやびが将軍に見初められたことを忘れてしまったようだ。――ずっと彼女に思いを寄せている秀次の存在も無視している。

「こうなったら――」

しつこく、ひとり舞台を続けそうなニャンコ丸であったが、さすがに〝鬼〟が黙っていなかった。

「いつまで茶番を続けるつもりですか?」

と、苛立った声で遮った。さっきまでの余裕が消えている。声に殺気がこもっていた。人間ならば震え上がるところだろう。だが、ニャンコ丸は調子を変えない。

「この世は、死ぬまで茶番だ!」

大声で言い放った。しかも自分の台詞が気に入ったらしく、ドヤ顔になった。

（これは名言だのう）

そう思ったのだろう。

「この世は、何もかも茶番だのう！」

微妙に替えて繰り返している。ギン太は、うんざりした。これと付き合えるみやびは、見かけによらず大人物なのかもしれない。たいしたものだ、と思った。

「では、この世から去ってもらいましょうか」

〝鬼〟が腹立たしげに言った。ニャンコ丸を殺すつもりだ。またしても、〝鬼〟が手のひらに紅梅の花びらをのせた。

「気をつけろっ!!」

秀次が注意を促すが、唐土の仙猫はのほほんとしている。

「おぬし、梅の花びらを食ったことがあるか？　わしはあるが、あまり旨いものではなかったのう」

「そんなことを言っている場合かっ!?　さっさと逃げろっ!!」

だが、遅かった。〝鬼〟が紅色の花びらに息を吹きかけたのだった。

花びらが紅色の霧に変わり、その霧の向こう側に暗黒色の扉が現れた。ぎぃと音が鳴り、新手の髑髏軍が扉から出てきた。百騎はいるだろうか。破れ寺の境内を埋め尽くしそうな数の屍が、ニャンコ丸を取り囲んでいる。

「こ……こん……」

ギン太は気が遠くなった。髑髏どもに踏み潰される絵が思い浮かんだ。また生き埋めにされてしまうのだろうか。秀次も額を押さえて呻いている。喜十郎も焦ったらしく、敵うはずもないのに匕首《あいくち》を抜いて構えていた。

そんな中、ニャンコ丸だけが変わらぬ顔をしていた。おのれを取り囲む髑髏軍を見て、つまらなそうに言った。

「下らぬ術を使うものよ。見世物小屋を紹介してやろうかのう」

「強がらなくてもいいんですよ。これだけの髑髏軍に囲まれて勝てるはずがないのですから」

勝利を確信したのか、〝鬼〟は微笑んだ。余裕が戻っていた。唐土の仙猫は鼻を鳴らした。

「誰に言っておる？　鬼ごときが神に勝てると思うのか？　この猫大人さまに本気で勝てると思っておるのか？」

「ええ。思っていますとも。ここは、わたしの作った結界ですよ。地面も梅の木も、塀も、わたしの思うがまま。唐土の仙猫であっても、何もできませんよ」

それから、意味ありげに加えた。

「太極図を描くこともできないでしょう」

なるほど。

この結界は、ニャンコ丸の太極図封じでもあったのだ。かなりまずい状況だ。ニャンコ丸の戦い方を研究されている。

けれど、仙猫は顔色一つ変えない。術を封じられて絶体絶命のはずのニャンコ丸が、呆れた口振りで言い返した。

「分かっておらぬな」

ため息が交じっていた。

「な……何をですか？」

「わしのことを分かっておらぬと言ったのだ。この可愛らしい猫ちゃんの外見に騙されておるな。誰もに愛される癒やし系だと思っておるな。ふん。太極図がなければ何もできぬと考えたのであろう」

前半の寝言はともかく、太極図の他に隠し玉があるのか。〝鬼〟が警戒した顔になったが、仙猫は肩透かしを食らわせる。

「まあ、大きくは間違っておらぬな。わしは可愛らしい癒やし系だし、この結界はちと厄介だのう」

（やっぱり役に立たない）

ギン太は思った。ある意味、予想通りの展開であった。言うだけ言って後始末を押し付けるのは、今に始まったことではない。これまで何度も犠牲になってきた。

しかし、今回は違った。ニャンコ丸の話は終わっていなかった。

「だが、太極図はこの世のあらゆる場所にあるのだ」

天を指差すように、短いしっぽを伸ばした。

釣られたように、この場にいる全員が空を見た。そして、誰もがぎょっとした。


太極図があった。

雲の形が二匹の陰陽魚になっていた。


「魚だけに、ぎょっとしておるのう」

今日一番のドヤ顔でニャンコ丸は言ったけれど、誰も聞いていなかった。この場にいる全員が、上空に浮かぶ太極図に吸い寄せられるように見ていた。

どのくらい、そうしていただろうか？

〝鬼〟が我に返った。

「ちょ……張飛さまっ!!」

断末魔のようなひび割れた声を出し、『三国志』の英雄の骸に命じたのだった。

「その猫を殺してくださいっ!!　蛇矛で叩き潰してくださいっ!!　は……早くやるんですっ!!」

もはや笑みはなかった。ニャンコ丸が術を使う前に抹殺するつもりだ。確かに、〝鬼〟の勝ち筋はそれしかなかろう。だが、張飛の骸は、〝鬼〟の命令に従わなかった。ニャンコ丸を前にして、ガタガタと震えている。『三国志』の英雄が、猫一匹に怯えているのだ。

「英雄ではない。〝鬼〟が呼び出した骸にすぎぬ。魂はないのう」

ニャンコ丸は言い、天を叩くようにしっぽを動かした。それから、太極図に呪文を投げかけた。


「封」

唐土には、「觔斗雲《きんとうん》」と呼ばれる雲があるという。仙人はその雲を操り、乗り物にするようだ。

その觔斗雲ではないようだが、ニャンコ丸も雲を操った。仙猫の言葉に反応して、大空から雲が降りてきた。魚の形をしたまま、地上そばまで来た。

張飛の骸が、蛇矛を振り回し、雲を追い払おうとする。当然だが、雲を斬ることはできない。

「本物の張飛であれば、勝てたかもしれぬのう」

ニャンコ丸が呟いたときだった。二匹の陰陽魚が、張飛の骸を呑み込んだ。そのまま動きを止めず、ついでのように髑髏兵も食らった。

百騎はいただろう髑髏兵たちが、一瞬で消えた。陰陽魚の腹の中に納められてしまったように見えた。

「お……おのれ!」

〝鬼〟は顔面を朱に染めているが、もはやどうしようもない。

「滅ぶがよい。天は、鬼の世を求めておらぬのだ」

ニャンコ丸が言った。二匹の巨大な陰陽魚が、〝鬼〟に襲いかかった。

「九一郎……」

〝鬼〟が呟いた。しかし、九一郎は返事をしない。ただ、じっと見ている。

終わりは呆気なかった。陰陽魚が〝鬼〟を食らった。そして、天に戻っていった。

あとには、何も残らなかった。〝鬼〟も髑髏軍も、破れ寺も、紅梅の花も消えてしまった。

第五話　紅葉

九一郎の母にも――〝鬼〟にも名前がある。

「紅葉」

美しい響きを持ってはいるが、鬼女に付けられる定番の名前でもあった。生まれながらの鬼で、父も母も鬼だった。紅葉は、鬼の里で生まれ育った。

そこは、世界から忘れられたような場所だった。江戸から遠く離れた北国の山中にあった。村と呼ぶのも烏滸《おこ》がましいような、数軒の茅葺きの家が軒を連ねているだけの小さな集落だった。

棲むものは全員が鬼で、だが、弱かった。妖力を持たないものも多く、人目につかないように暮らしていた。物心ついたばかりの紅葉に誰も勝てなかったくらいだ。

「人から我らを守っておくれ」

そんな言葉をかけられた。鬼は、人間に怯えて暮らしていた。貧しい集落だった。土は痩せていて、田畑を作っても、ろくな収穫はない。当然のように食料は少なく、山の獣を狩って飢えをしのいだ。

それでも人の里に降りようとは思わなかった。どこまでも人間を恐れていた。特に、〝鬼斬り〟と呼ばれる人間のことを怖がっていた。見つかったら根絶やしにされるだろう、と里の鬼たちは言い合っていた。

だが、敵は人間だけではなかった。

ある冬の夜、羆《ひぐま》が現れた。冬眠する穴を見つけることのできなかった獰猛な熊だ。

そして、その羆は大きかった。

「百貫《ひゃっかん》羆」

鬼の里で、そう呼ばれている百貫（約三七五キロ）を超える巨大な熊だった。

羆は肉食獣だ。力も強く、牛馬を一撃で殺し、肉や内臓を食らう。人間はもとより、鬼も餌にすぎなかった。

ましてや、鬼たちは鉄砲を持っていない。また、大雪が降っていたため、逃げることもできなかった。

そのとき紅葉は十歳にもなっておらず、里で一番幼かった。紅葉を庇って、両親は死んだ。里の鬼たちと一緒に羆に食われてしまった。考えてみれば、愚かなことだった。もっとも強い紅葉を庇って死んだのだから。

あるいは、紅葉の両親も娘の強さを知らなかったのかもしれない。弱い鬼は、相手の強さを推し量ることができない。

一方、羆は強者だった。紅葉の強さを見抜いた。対峙した瞬間、背中を向けて逃げ出した。たくさんの鬼を食らって満腹になっていたということもあるだろうが、紅葉を襲おうとしなかった。

紅葉は独りぼっちになった。


生き残りはしたけれど、両親も仲間も失ってしまった。死んでしまおうと思わなかったのは、やはり鬼だからだろう。

だが、このまま里で暮らしていくことは難しい。また、独りぼっちでいたくなかった。紅葉は、町に行くことにした。賑やかな人の町で暮らすことにした。難しくはなかった。強い妖力を持つ鬼は、人間に化けることができる。紅葉も、その力を持っていた。銀髪と紅い眼球、額から突き出した角を隠し、人間の娘として町で暮らすことにしたのだった。

そして月日は流れ、人間の男と恋に落ち、二人の子どもを持った。紅葉が鬼だということは、誰も知らない。バケモノであることを——鬼であることを隠していたからだ。

鬼が人間と夫婦になり、子を産むのは珍しいことではない。例えば、人喰い鬼の父と人間の母の子どもである『鬼の子小綱』の物語は有名だろう。また、修験道の役行者の使い鬼である前鬼・後鬼の子孫は、人間として村を構えている。

紅葉は、人間として暮らしたかった。寂しい鬼ではなく、温かい家族を持つ人間になりたかった。だから、子ができて幸せだった。

（これからも人間の女として暮らそう）

自分に言い聞かせるように、何度も何度も思った。ただひたすら人間になろうとした。鬼であることを忘れようとした。

でも、人間にはなれなかった。

ある日、夫と娘を殺してしまった。なぜ、襲ったのかは分からない。どうして殺してしまったのか分からない。

急に人間を食らいたくなったような記憶が残っているが、それが本当にあったことなのかも分からなかった。鬼の子小綱がそうであったように、食人衝動を抑えられなくなったのかもしれない。

事実は、一つだけだ。紅葉は、夫と娘の首を掻き切ってしまった。この手で、家族を——最愛の人間を殺《あや》めた。

そのとき、九一郎は家にいなかった。江戸神田にある寺にお使いに出かけていた。使用人もいない時間で、夫と娘が死ぬと静かになった。

「あなた、千里」

紅葉は呼んだが、亡骸は返事をしない。自分でやったことなのに、悲しくて辛かった。涙があふれたが、もう取り返しはつかない。

「ごめんなさい。ごめんなさい。ごめんなさい……」

泣くことしかできない。

謝ることしかできない。

かつて鬼の里での暮らしを羆に壊されたが、今度は、自分の手で壊してしまった。愛する家族を殺してしまった。

鬼は、人間とは相容れない。鬼は、人間にはなれない。身をもって、そのことを思い知った。

紅葉は泣きながら、九一郎のことを思った。人間の血を濃く受け継いだ千里と違い、九一郎は鬼に近かった。いずれ本物の鬼になるだろう。

夫と娘を殺した紅葉だが、息子を思う気持ちは残っていた。生き残った唯一の家族なのだから当然だ。

こう言っても信じてもらえないだろうけれど、九一郎には幸せになって欲しかった。いずれ鬼になるであろう息子の未来を案じた。

剣術道場をやっていた〝鬼斬り〟の子孫を殺したのも、九一郎のためだった。我が子の障害になるものを取り除くのは、親の役目だ。鬼にとって〝鬼斬り〟はバケモノであり、その血を引く者は驚異だった。

だけど、誤算があった。

一つ目は、バケモノの子ども――早乙女みやびを殺し損ねたことだ。近づくことさえできなかった。

「どうして燃えるまで放っておくのよ」

「燃えるものは仕方あるまい。わしに、どうしろというのだ」

「化け猫なんだから、火くらい消せるでしょ」

「誰が、化け猫だっ!?」

「ええと、じゃあ猫又？」

「違う」

「化け猫？」

「違う！　何度も同じことを言わせるな！　猫大人。唐土の仙猫だと言っておろうがっ！」

猫大人。

ニャンコ丸。

唐土の仙猫が、早乙女みやびのそばにいたせいだ。売れ残りの大福のような姿をしているけれど、その力は絶大だった。最大の誤算と言ってもいい。

神仙らしく気まぐれで何を考えているか分からないところはあるものの、みやびの味方をしているようだ。常に行動をともにし、さらには、厄介な傘差し狸まで仲間に引き入れた。

「こやつは、ぽん太だ。みやびの式神だが、まだ半人前でのう。わしの弟子にしてやった。今日から、ここで暮らす。頼むぞ、九一郎。おぬしの弟弟子《おとうとでし》だ」

「みやびどのの式神でござるか？」

「うむ。わしの指導で召喚できるようになった」

いっそう近づけなくなった。傘差し狸に勝てる妖は、ごく少数しか存在しない。紅葉でも難しいだろう。

それから、もう一つの誤算。我が子・九一郎が、その早乙女みやびと親しい仲になったことだ。これも今になって思えば、ニャンコ丸の手引きだったのかもしれない。

「なんてことを」

紅葉は絶望した。鬼の血を濃く引く九一郎が、人間——ましてや〝鬼斬り〟の子孫と一緒に暮らして幸せになれるはずはない。

この世は、人間のものだ。鬼である自分や我が子の居場所はない。鬼は、人間に退治される存在だ。

ならば、居場所を作ればいい。人間から奪い返せばいい。人間を駆逐してしまえばいい。

そう。紅葉は、鬼の——息子と自分の居場所を作ろうとした。そして、江戸城大奥に目を付けた。

いずれ将軍を操り、この国を乗っ取るつもりでいた。野望は大きいけれど、願っていることは小さい。我が子と暮らせる場所を作りたかっただけだ。

大奥に入ることが決まっているお竹を襲い、入れ替わった。本物のお竹は、大奥に入る前に死んだ。紅葉が殺した。つまり、将軍を虜にしたのは、鬼の紅葉だった。

†

九一郎は、紅葉を恨んでいる。父親と妹を殺されたのだから当然だ。早乙女みやびと約束も交わしていた。

紅葉も百年を経た鏡が妖怪と化した付喪神――照魔鏡を持っており、その会話を聞いていた。

「鬼を……。ち……父と母を殺した鬼を退治してください」

「拙者に任せるでござる」

こうして我が子を思う母は、我が子に狙われることになった。鬼になりかけている九一郎は、鬼である母親を殺そうとしていた。九一郎の中の人間である部分が、紅葉を憎んでいた。

（完全に鬼になってしまえば）

紅葉は思う。人間でなくなれば——鬼になってしまえば、自分を恨むこともなくなるはずだ、と。

ある日、九一郎が大奥にやって来た。ほとんど鬼になりかけており、妖熱に苦しんだせいだろう。多くの記憶を失っていた。それでも、母親への憎しみは残っているようだ。

我が子のことが、いとしかった。どうしようもなく愛していた。

（早く鬼になればいい）

そうすれば憎まれなくて済む。〝鬼斬り〟の娘とも縁が切れるし、紅葉と殺し合うことにもならない。

自分で家庭を壊したくせに、紅葉は寂しかった。鬼の里から出てきたことからも分かるように、紅葉は寂しがり屋だ。独りぼっちでいるのが辛かった。おのれの血を引いている九一郎と暮らしたかった。

（叶わぬなら、いっそのこと……）

と、思い詰める気持ちもあった。鬼にならないかぎり、九一郎は母を受け入れてくれないだろう。

大奥にやって来た九一郎を保護したのは、松島局だった。九一郎が術を使えることを知って、自分の手駒にしようと考えたようだ。

もちろん、大奥に男を置くわけにはいかない。九一郎を女装させ、手下のように扱った。都合のいい道具のように扱った。

松島局は、下らぬ女だった。将軍の寵愛を受けているお竹を妬み、紅葉が化けているとも知らず、九一郎に殺させようとした。

だが、その目論見は失敗に終わった。九一郎は殺さず、お竹を大奥から逃がしてやったのだった。

(人の血が濃いのかもしれない)

紅葉は思った。鬼の角を生やしながらも、九一郎は人間であろうとしていた。

人の血が濃い証拠は、もう一つあった。小女の十四——〝鬼食われ〟の末裔がそばにいても、食おうとはしなかった。遠ざけようとしていた。

また、将軍が散歩している間に、八人の御中﨟を殺したのは紅葉だが、九一郎は自分がやったのかもしれないと悩んでいた。鬼ならば、そんなことで悩みはしない。

九一郎は苦しんでいる。

人間で居続けようとしている。

鬼になることを拒んでいる。

我が子に会えた喜びはしぼみ、怒りが紅葉の心をどす黒く染めた。

すべては、〝鬼斬り〟の娘――早乙女みやびのせいだ。心の底から憎いと思った。鬼の天敵というだけではなく、我が子の心を奪っていった。

(あの娘を殺さなければならない)

紅葉はそう思った。〝鬼斬り〟の血を根絶やしにすることを決めた。そのためには、唐土の仙猫が邪魔だ。

あれには勝てない。鬼は「邪神」と呼ばれることもあるが、本物の神仙とは格が違う。ましてや、傘差し狸までが近くにいる。

何をされたわけでもないのに、紅葉は追い詰められていた。この時点で、唐土の仙猫の術中にあったのかもしれない。

†

苦し紛れの策は、まず成功しない。

追い詰められた紅葉は、十四という小女に術をかけて、廃神社ともども焼いてしまおうとした。

廃神社を焼くことはできたが、早乙女みやびは殺せなかった。河童が仲間にいて、水龍を呼んだのだった。

もはや打つ手はなかった。

「鬼は残虐だ」

と、言うけれど、人間の足もとにも及ばない。殺し合いに慣れているのは、鬼よりも人間のほうだ。人間のほうが、ずっと残酷だ。合戦が起これば、何万もの人間が殺し合い、死んでいく。

十四を使ったために、自分が大奥にいると確信を持たせてしまった。仙猫と〝鬼斬り〟に完全に目を付けられてしまった。

まずいことになった。もともと悪かった事態が、さらに悪化した。真っ先に思い浮かんだのは、大奥から逃げ出すことだ。

（九一郎を連れて江戸を離れよう）

そう思った。しかし、紅葉が母だと名乗っても、九一郎は言うことを聞くまい。説得できる自信はなかった。

無理やりに連れて逃げることも考えたが、鬼として覚醒しかかっている九一郎をさらうのは難しい。現時点では紅葉のほうが強いだろうけれど、九一郎も抵抗するはずだ。騒ぎになるに決まっている。

時間だけがすぎていった。紅葉は、何の手も打てずにいた。やがて、早乙女みやびとニャンコ丸が大奥に乗り込んできた。

止める間もなく、鬼になりかけている九一郎が迎え撃った。土蜘蛛たち妖を使い、戦おうとしたのだ。相手が〝鬼斬り〟だけなら悪い方法ではない。あるいは勝てたかもしれない。

だが、ニャンコ丸がいた。唐土の仙猫は、その力の片鱗を見せた。太極図を地べたに描き、恐るべき術を唱えた。


「封」

一瞬の出来事だった。妖たちは封じ込まれてしまった。さらに、その後、早乙女みやびの〝鬼斬り〟の血が覚醒した。仙猫が覚醒させたのだ。ずぶの素人のはずの小娘が、秘剣まで使った。

早乙女無刀流極意、角斬り。

悪夢のようだった。仙猫の力と〝鬼斬り〟の技によって、九一郎の鬼の血が浄化されてしまった。次は、自分の番だ。紅葉を狙うに決まっている。

仙猫と〝鬼斬り〟が相手では敵うはずがない。しかも、我が子の九一郎も、紅葉の命を狙っている。いや、もはや我が子とは言えないのかもしれない。鬼の血を失ってしまったのだから。

取るべき方法は一つだけだった。自分の力を存分に発揮できる結界を作り、そこに誘い込んで殺す。

(無理心中)

そんな言葉が脳裏に浮かんでいた。世を儚んで、我が子を道連れに死ぬ親は珍しくない。夫婦になれぬ男女が、一緒に死ぬことだってある。紅葉がやろうとしていたのも、それだった。九一郎を殺して、自分も死ぬつもりだった。

途中まで計画は順調だった。九一郎を結界に誘い込み、追い詰めたが、またしても邪魔が入った。

「火付盗賊改の手の者だ！　神妙にしやがれっ!!」

「ふん。てめえが殺されそうだって聞いて、嗤いに来てやったんだよ」

人間の仲間や仙猫に封じられたはずの妖たちが駆けつけたのだった。

紅葉は独りぼっちだけれど、我が子には仲間がいる。そのことが悲しくもあり、嬉しくもあった。

だが、ここは結界だ。紅葉の力が存分に発揮される空間だ。仲間を集めようと、自分に勝てるはずがない。妖ごと皆殺しにできるはずだった。

それなのに——。

「この世は、死ぬまで茶番だ！」

またしても、仙猫が現れた。

遅れて現れたことを不審に思えばよかったのだが、元来、神仙は気まぐれなもので、人間や妖には理解できない存在であった。

だから、このときも紅葉は疑問を感じなかった。結界内での自分の優位を信じて、仙猫に向かっていった。愚かにも逃げなかった。

「だが、太極図はこの世のあらゆる場所にあるのだ」

天を指差すように、短いしっぽを伸ばした。

空を見ると、太極図があった。雲の形が二匹の陰陽魚になっていた。その結果は明らかだった。

陰陽魚が、張飛の骸や髑髏兵を食らい始めた。神による殺戮が始まった。気に入らぬものを消すつもりだ。

仙猫は、紅葉に容赦のない言葉を投げかけた。

「滅ぶがよい。天は、鬼の世を求めておらぬのだ」

理不尽だ。紅葉だって、好きで鬼に生まれたわけではない。しかし、言い返す暇はなかった。何をする間もなく、恐ろしい陰陽魚に食われた。痛みはなかった。ただ暗闇に落ちていった。

どんどん、どんどん暗くなる。底がないような暗闇だった。自分の瞼が閉じているのか開いているのかさえ分からない……。


暗闇。

無音。


どうしようもなかった。紅葉の力では、ここから逃れることはできない。やっぱり、仙猫には勝てなかった。最初から分かっていたことだ。

「九一郎……」

我が子の名を呼んだ。

「あなた……。千里……」

自分で殺した家族の名を呼んだ。

もちろん、返事はなかった。鬼である紅葉の声は、どこにも届かない。極楽にも地獄にも行けないだろう。

鬼であることが悲しかった。

鬼に生まれたことが悲しかった。

涙があふれたが、泣いたところで何も変わらない。


自分は、どこに行くのだろうか？

落ちた先には、何があるのだろうか？

分からない。ただ、この世からいなくなることだけは確かだ。紅葉は笑った。この世からいなくなることが嬉しかった。


もう、人を殺さなくて済むのだから――。

もう、人を食らわなくても済むのだから――。

終わりの終わり

〝鬼〟が消えると、景色が戻った。

九一郎たちは、武家屋敷の並ぶ閑静な町の中にいた。早朝だからだろう。やはり人通りはなく、町はまだ眠っているようだった。

空にあった陰陽魚の形をした雲も、どこかに行ってしまった。梅雨時とは思えない晴れた空が広がっている。

そんな眩しい朝の日差しを嫌ったのか、土影たち妖は姿を消していた。残っているのは、九一郎と秀次、ギン太、ニャンコ丸、ついでに喜十郎のごにんだけだった。

喜十郎がニャンコ丸に話しかけている。

「師匠ってば、本当に強いのね」

「みやびや町の連中には内緒だぞ」

「内緒って、どうして？」

「おぬしも知っての通り、わしは癒やし系の可愛いニャンコで売っておるのだ。下手な情報が広まって、人気が落ちると困るのう」

真面目な顔で、よく分からないことを言っている。鬼を倒したことなど、何とも思っていないようだ。

「し……師匠が癒やし系だとは知らなかったわ」

「ふん。人間の知恵など、そんなものだ。何も知らずに生きておるからのう」

「そうなのかもしれないわね」

「うむ。何も知らぬから幸せに生きていられるのだ」

例によって、それらしく聞こえることを適当に言っているだけだろうに、今日ばかりは神託のように聞こえた。

ふと、九一郎は母のことを思った。憎んでいたのに、母が哀れだった。寂しそうな顔をしていた、と今さら考えた。

九一郎自身、鬼になりかけていたからだろう。人を殺したくなる衝動が理解できた。家族を殺してしまった母の気持ちが分かった。

太極図に封印された土影たち妖が帰って来たように、いつの日か、母も封印から解放されるのだろうか？　それとも、そのときとは違って、完全に消滅してしまったのだろうか？

ニャンコ丸の顔を見た。相変わらずの売れ残った大福みたいな顔をしている。何を考えているか、まったく分からない。江戸に来た理由も分からなかった。

みやびは、〝鬼斬り〟の子孫だ。祖先は、徳川家康公の影武者を務めたこともあると言われている。

早乙女無刀流の剣士は、仙猫を従えていたという話が残っている。すると、ニャンコ丸は、そのころから江戸にいたのだろうか？

聞きたいことはたくさんあったが、尋ねても、まともに返事をしてくれないような気もする。

そのニャンコ丸は九一郎の視線に気づいたらしく、徐《おもむろ》に話しかけてきた。

「約束通り助けてやったぞ。では、団子をおごってもらおうかのう」

九一郎は少し考えて、廃神社で一緒に暮らしていたときの口調で返事をした。

「団子はなしでござる」

「な、な、な、何だとっ⁉」

唐土の仙猫が目を吊り上げた。土蜘蛛たちや〝鬼〟を封じたときよりも、ずっと怖い顔をしている。人生の一大事に直面した顔である。

「約束を破るつもりかっ!?　こ、この人でなしっ!!　鬼っ!!」

ちょっと泣きそうになっている。神仙とは思えない情けなさだった。九一郎は、首を横に振った。

「破るつもりはないでござるよ」

「ん?」

「約束を守ると言っているのでござる」

「そうか!　団子をおごってくれるのかっ!?」

「違うでござる」

「んん?」

ニャンコ丸がきょとんとした。九一郎が何を言おうとしているのか、分からないのだ。もしくは、分からないふりをしているだけか——。

九一郎は、言葉を続けた。

「もう一つの条件を呑むでござる」

沈黙があった。

永遠とも思える長い沈黙だったが、いくつもの声がそれを破った。

「そいつは、おめえ——」

「こんっ!?」

「九一郎さまってば、いきなり大胆!」

大騒ぎになった。そんな中、ニャンコ丸だけが首を捻っている。

「もう一つの条件だと? ……何だったかのう?」

惚《とぼ》けているようにも、本当に忘れてしまったようにも見える。どちらでもいい。

九一郎としては、自分の気持ちを言うだけだ。

みやびのことが好きだった。一目見たときから惚れていたのかもしれない。一緒に暮らしてみて、みやびの明るさや芯の強さに惹かれた。鬼になりかけた自分を見捨てずに救ってくれた。

「拙者、みやびどのと――」

気持ちを口に出そうとしたけれど、最後まで言うことはできなかった。噂をすれば影が差す。

「九一郎さまっ!!」

みやびの声がした。道の向こうから走ってきていた。九一郎がいなくなったことに気づき、慌ててあとを追いかけてきたようだ。よほど必死に走っているのか、顔を真っ赤にしている。

しかも、九一郎を見て、いっそう慌てたのかコケてしまった。派手に転び、額を地べたに打ちつけた。

「相変わらずだな」

秀次が呆れたように言って、それから、何かを諦めたように話しかけてきた。

「九一郎さま、みやびを頼みますぜ」

その言葉を聞いて、喜十郎とギン太が反応した。

「惚れた女の幸せのために身を退くのね。親分ってば、す・て・き。わたし、好きになっちゃいそう」

「こん！」

「あら、ギン太ちゃんも親分のことが好きなの？」

「こん!!」

「それって恋敵ね。わたしってば負けないわよ」

「……頼むから負けてくれ」

笑いが弾けた。九一郎の知っている賑やかさだった。笑みがこぼれそうになったが、九一郎にはやることが残っている。

秀次が、ふたたび話しかけてきた。

「あいつはよく転ぶんだ。何でもないようなところでも転ぶんだ。面倒くせえだろうけど、そのたびに助け起こしてやってくれ」

「転ぶのは、お互いさまでござるよ」

そう返事をし、みやびのもとに駆け出した。コケてべそをかいていた娘が、近づいてくる九一郎を見て泣き笑いの顔になった。子どものような顔だけれど、九一郎には愛らしく見えた。

六月なのに風は乾いていて、走っても息苦しさは感じない。ただ、ほんの一瞬、視界の端で、紅梅の花びらが舞ったように見えたが、きっと気のせいだろう。

「みやびどの！」

九一郎は、力いっぱい娘の名前を呼んだ。それから、今度こそ自分の気持ちを叫んだ。

「拙者と夫婦《めおと》になってくだされ!!」

みやびが目と口を大きく開いた。埴輪《はにわ》のような顔になった。沈黙があった。妙な間があった。自分の頬をつねったりしている。やがて絶叫した。

「ええ――っ!?」

誰よりも驚いていた。コケて顔に土が付いたせいで、いっそう埴輪に見える。

九一郎の惚れた娘は錯乱していた。

「め、めおとっ⁉　だ……誰と⁉」

「拙者と結婚して欲しいでござる」

「う……嘘っ⁉」

「嘘じゃないでござる。拙者、みやびどのが大好きでござるよ」

歩み寄り、みやびを抱き起こした。九一郎の手が、みやびの手に重なった。娘はようやく頬を染め、恥じらいながら小さく頷いた。額に土を付けたまま、何度も何度も頷いた。

ふたたび紅梅の花びらが舞い、ニャンコ丸が呟いた。

「団子は、新妻に買ってもらうとするかのう」

蚊帳については、西川株式会社「ふとん（布団）などの寝具なら西川公式サイト」を参考にいたしました。

うちのにゃんこは妖怪です
百鬼夜行とバケモノの子ども

高橋由太

2022年11月5日　第1刷発行

発行者　千葉 均
発行所　株式会社ポプラ社
〒102-8519　東京都千代田区麹町4-2-6
ホームページ　www.poplar.co.jp
フォーマットデザイン　bookwall
組版・校正　株式会社鷗来堂
印刷・製本　中央精版印刷株式会社

N.D.C.913/292p/15cm　ISBN978-4-591-17547-7

本書は書き下ろしです。

P8101456

うちのにゃんこは妖怪です
つくもがみと江戸の医者

高橋由太

深川のはずれにある廃神社には、今日も妖怪がらみの悩み事が持ち込まれる！　丑三つ時の長屋で子供だけに聞こえる音楽、つぶれかけの店に現れた豆腐小僧、行方不明になった河童の捜索……。愉快な妖怪たちと、天然娘みやび、ワケアリの拝み屋・九一郎が事件に挑む。江戸人情あやかし事件帖、第二弾。

ポプラ文庫好評既刊

うちのにゃんこは妖怪です

猫又とろくろっ首の恋

高橋由太

みやびの仇である鬼を探しに出ていった九一郎。拝み屋不在のなか、みやびたちだけで妖絡みの事件に挑むことに。正体を隠して生きるろくろっ首の切ない願いや、猫又とひとりぼっちの少年の約束、江戸を騒がす侍の髷を狙う辻斬り……。ニャンコ丸をはじめとした愉快な妖たちも大奮闘！　そして、みやびのもとに、大奥のある噂が届く――。